L'ÎLE DES ABSENTS

Caroline Eriksson

L'ÎLE DES ABSENTS

Roman

Traduit du suédois
par Laurence Mennerich

PRESSES
DE LA CITÉ

Titre original : De Försvunna
L'édition originale de cet ouvrage a paru chez Forum Bokförlag, Stockholm, Suède.

Ce livre est une œuvre de fiction. Les noms, les personnages, les lieux et les événements sont le fruit de l'imagination de l'auteur ou sont utilisés fictivement. Toute ressemblance avec des personnes réelles, vivantes ou mortes, serait pure coïncidence.

ISBN 978-2-258-13691-5
Dépôt légal : juin 2018

Presses de la Cité | un département **place des éditeurs**

place des éditeurs

À grand-mère et grand-père
pour les étés dans le cottage,
pour les crêpes et les boulettes de viande,
pour le soutien absolu de mon rêve d'écrivain,
et pour tout le reste.

1

Le canot à moteur fend les eaux glauques avec la précision d'une lame. Le soleil est bas en ce soir d'été. Assise à la proue, je ferme les yeux pour les protéger des gouttes d'eau, luttant contre la nausée qui me gagne au rythme des bonds du hors-bord. Si seulement il allait un peu moins vite. Comme s'il avait lu dans mes pensées, Alex ralentit. Je le regarde. Installé à la poupe, une main sur la barre, tout son être exprime la virilité et le contrôle. Le crâne rasé, la mâchoire saillante et les plis de concentration entre les sourcils. Normalement, on n'emploie pas le mot « joli » pour les hommes, mais Alex l'est. Je l'ai toujours pensé. Je le pense toujours.

Sans crier gare, il coupe le contact et la barque retombe dans l'eau en décrivant un arc de cercle. Smilla vacille sur le banc de nage entre nous. Je me penche pour la soutenir. Par réflexe, elle saisit ma main de ses petits doigts et une vague de chaleur m'envahit. Le silence revient. Les cheveux blonds de Smilla frisottent sur sa nuque, à quelques centimètres de mon visage. Je m'apprête à enfouir le nez dans les fines mèches, quand Alex désigne les rames.

— Tu veux essayer ?

Smilla me lâche aussitôt et bondit de son siège.

— Viens, reprend Alex avec un sourire. Papa va t'apprendre.

Il l'aide à faire les quelques pas qui la séparent de la poupe et elle s'assied sur ses genoux en lui donnant de petites tapes, ravie. Alex lui montre comment placer ses mains, qu'il entoure des siennes, puis il commence à manœuvrer avec des gestes lents. Smilla glousse de plaisir, de ce rire bien à elle. Je fixe la fossette sur sa joue gauche jusqu'à ce que mon regard se trouble. Alors, je contemple l'immensité du plan d'eau.

Alex affirme que celui-ci a sûrement un « nom officiel quelque part sur une carte », mais qu'ici on l'appelle le Cauchemar. Il raconte aussi des histoires, toutes pires les unes que les autres, sur le lac et ses prétendus pouvoirs. Des bêtises à propos de ses eaux supposées maudites depuis la nuit des temps, qui pousseraient les hommes à commettre des actes terribles. Dans la région, des adultes et des enfants ont disparu sans laisser de traces, le sang a coulé. Enfin, d'après la légende.

Je suis interrompue dans mes réflexions par une plainte à donner le frisson. Je me tourne dans la direction du bruit et remarque qu'Alex et Smilla font de même. Le cri retentit à nouveau. Un grincement grave qui se transforme en hululement rauque. Dans un battement d'ailes, une forme sombre fond vers la surface de l'eau. L'instant suivant, elle n'est plus là, avalée par le lac. Pas le moindre clapotement ni la plus infime vague. Alex passe un bras autour de Smilla.

— Un plongeon, explique-t-il en pointant l'index. Une créature de la préhistoire, selon certains. Cela doit être à cause de son cri. Beaucoup de gens le trouvent effrayant.

Il me jette un regard en coin, mais je l'ignore pour observer Smilla : elle scrute l'endroit où l'animal a disparu. Au bout d'un moment, elle lève des yeux anxieux vers Alex et demande si l'oiseau va bientôt ressortir pour respirer. En riant, il lui tapote la tête. Inutile de s'en faire, les plongeons peuvent passer plusieurs minutes immergés. En plus, poursuit-il, ils remontent rarement au même endroit.

Alex reprend les rames et Smilla revient s'asseoir au milieu de la barque, face à lui. J'étudie son profil, le doux arrondi de sa joue, tandis qu'elle continue à guetter l'oiseau. C'est plus fort qu'elle. J'avance la main afin de caresser son dos fluet, cependant que Smilla se détourne. Alex lui adresse un sourire et je comprends qu'elle le lui rend. Avec une confiance absolue. Si papa dit que l'oiseau va bien, alors c'est vrai.

L'îlot au centre du Cauchemar n'est plus qu'à une dizaine de mètres. C'est notre destination. Baissant les yeux, j'essaie de voir au-delà de la surface. Je devine le fond. Brouillé par les remous, il se rapproche à mesure que nous progressons vers la rive. Les algues qui le tapissent se tendent vers notre embarcation tels de longs doigts verts et gluants. De part et d'autre, de hauts roseaux s'inclinent sur nous. Pour accoster, Alex se met debout, faisant osciller le canot. Fermant les yeux, je me cramponne au bord jusqu'à ce que le roulis se calme. Alex amarre solidement le bateau au tronc de l'arbre le plus proche. Smilla retire son gilet de sauvetage en se préparant à sauter à terre. Au passage, elle m'écrase le pied et me donne un coup de coude involontaire dans le sein. Je gémis de douleur, de façon sonore, mais elle a tellement hâte de rejoindre son papa que rien d'autre ne compte. En les voyant ensemble, nul ne peut douter qu'Alex soit le grand amour de Smilla. Quand nous sommes descendus vers le ponton, c'est à son côté qu'elle marchait, ou plutôt gambadait. Les rayons bas du soleil qui filtraient à travers les branches des arbres bordant l'étroit sentier forestier s'ajoutaient à son babillage enthousiaste : elle et papa allaient bientôt débarquer sur une île déserte, comme de vrais aventuriers. Smilla serait la princesse des pirates et papa serait... pourquoi pas le roi des pirates, tiens ? Smilla riait en tirant Alex par la main, impatiente d'arriver au lac. Je les suivais à quelques pas en arrière.

À présent, Smilla enserre les jambes d'Alex entre ses petits bras. Le père et la fille, atome indivisible. Eux sur la terre ferme, moi dans le canot. Alex me tend la main en haussant les sourcils d'un air impérieux. J'hésite. Il s'en aperçoit.

— Allez, viens ! C'est censé être une sortie en famille, chérie.

Il sourit. Comme aimantée, je lance un coup d'œil à Smilla, et nos regards se croisent. Je ne peux m'empêcher de remarquer la manière qu'elle a de lever son menton. Ma voix est éraillée lorsque je décline l'invitation.

— Allez-y tous les deux. Je vous attends ici.

Alex tente encore, sans grand enthousiasme, de me convaincre, et quand je secoue la tête, il hausse les épaules et pivote vers Smilla. Roulant les yeux, il lui adresse une grimace qui fait briller les siens par anticipation.

— Insulaires, prenez garde ! Voici Papa le pirate et Smilla la princesse pirate !

À ce cri, Alex jette Smilla sur son épaule, déclenchant un hurlement de rire, et se met à courir vers le haut de la côte. La face de l'île où nous avons accosté est plus escarpée que l'autre. Alex se donne à fond, il ne laisse pas la montée ralentir son allure. Je sens presque la brûlure de ses muscles, la compression de l'estomac de Smilla au rythme des ballottements. Et c'est ainsi qu'ils atteignent le sommet et disparaissent de ma vue.

Assise dans le bateau, j'écoute leurs voix qui s'éloignent. Au bout de quelques instants, je masse doucement le bas de mon dos ankylosé. Puis, obéissant à une impulsion, je me penche par-dessus le bord. Sous l'embarcation, l'eau s'est presque apaisée, mais désormais elle s'est fermée à mon inspection et la surface me renvoie les contours fragmentés de mon propre visage. Pour finir, je les laisse approcher, les souvenirs du soir et de la nuit précédents. Je me rejoue chaque mot, chaque geste, fixant inlassablement le reflet de mes yeux qui flottent sous mon nez. À chaque détail qui vient compléter la scène, il me semble voir mes pupilles s'assombrir. Malgré moi, je porte la main à ma gorge. Ma rêverie dure quelques minutes. Une éternité.

Puis je cligne des paupières, saisie par la sensation de sortir d'une torpeur, d'avoir complètement perdu la notion du temps. Depuis quand suis-je recroquevillée dans le canot ? Grelottant, je croise les bras pour tenter de me réchauffer. Le soleil descend derrière les cimes des arbres, exsudant des rayons rouge sang. Il souffle une brise fraîche et je commence à être vraiment frigorifiée.

Je me redresse, à l'affût d'un bruit, or je ne distingue plus ni les éclats de voix d'Alex ni les gloussements aigus de Smilla. Rien que le cri solitaire du plongeon, au loin. Je frissonne. N'ont-ils pas bientôt fini d'explorer l'île ? Je repense à la joie de Smilla. Celle-ci ne doit pas être disposée à mettre un terme à l'aventure. Peut-être sont-ils en train de jouer à cache-cache de l'autre côté. C'est sans doute la raison pour laquelle je ne les entends plus.

Les yeux clos, je me souviens de leur badinage dans la cuisine ce matin. De l'énergie d'Alex et de la patience dont il fait preuve pendant leurs interminables séances de jeu, alors que la plupart des pères se seraient lassés depuis longtemps. « Allez, ma grande, on retourne au bateau, maman nous attend. » Alex ne dirait jamais cela. C'est un gentil papa. J'ouvre les paupières. Quand je me repenche par-dessus le bord, je sens la surface toujours plus sombre de l'eau m'hypnotiser.

Gentil papa.

Gentil papa.

Gentil papa.

Lorsque je me redresse, je ne discerne plus le moindre bruit. Ni voix ni rire. Pas même le plongeon. Je demeure immobile, l'oreille tendue. Et, tout à coup, j'en ai la certitude. Inutile de les chercher anxieusement sur toute l'île ou de les appeler éperdument par leurs noms. Je n'ai même pas besoin de débarquer pour le savoir.

Alex et Smilla ne reviendront pas. Ils ne sont plus là.

2

Bien sûr, je me lance tout de même à leur recherche. Ignorant cet instinct qui me souffle que c'est peine perdue. Je tire le bateau au sec avec des gestes maladroits, attrapant au passage le sweat qu'Alex a abandonné à l'arrière. Un certain malaise progresse le long de mon dos. Je crie les noms d'Alex et de Smilla. Quand je passe ma tête dans l'encolure du pull, je m'aperçois que mes bras sont engourdis. L'odeur masculine imprègne encore le tissu, m'entoure. L'odeur d'Alex.

Cela me fait l'effet d'un coup de poignard dans le ventre, mais je me focalise sur la montée de la colline. Je n'ai pas fait plus de quelques pas que mon cœur s'accélère. Je m'essouffle. La pente est plus raide que je ne le croyais. Mon corps lourd et peu athlétique proteste contre l'effort ; serrant les dents, je m'oblige à continuer. Lorsque mon pied dérape dans une flaque de boue, il s'en faut de peu que je ne tombe et ne glisse au bas de la côte.

J'atteins enfin le sommet. J'essaie à nouveau de les appeler, mais ne parviens qu'à émettre un croassement. La gorge me brûle. J'ai beau inspirer profondément, mes poumons sont trop à l'étroit sous mes côtes. J'ai la sensation de crier au milieu d'un mauvais rêve. Mon estomac est secoué de crampes successives, si bien que je me plie en deux et vomis une bouillie brun jaunâtre. Mes jambes ne me portent plus, je m'affaisse sur les genoux.

Je m'essuie la bouche sur la manche du pull. Je reste là un moment, comme vaincue par un ennemi plus fort. À peine cette pensée a-t-elle pris forme que je la refoule. Ennemi ? Plus fort ? Non ! Je me remets debout. Malgré sa faiblesse, mon corps m'obéit. Je concentre mon énergie à inspecter l'île qui s'étend sous mes yeux. Il n'y a pas beaucoup de surfaces à découvert. Entre les feuillus et les genévriers poussent des herbes hautes et des broussailles. Ce n'est pas un endroit très praticable. Surtout pour une fillette de quatre ans.

J'avance en titubant, j'hésite entre deux chemins. Sur l'un, le sol semble avoir été piétiné – ce pourrait être les traces d'un homme et d'un enfant joyeux. J'emprunte cette direction. De temps à autre, je m'arrête pour hurler leurs noms, bien que je n'espère pas obtenir de réponse. J'ai l'impression subite de me comporter de façon artificielle, d'agir selon un schéma préétabli. Comme si je jouais un rôle, me limitant à faire ce que les circonstances imposent.

Un silence de mauvais augure pèse entre les arbres, soudain troublé par un bruissement provenant des herbes, à quelques mètres de moi. Je sursaute, serre instinctivement les poings et découvre un hérisson qui s'enfuit d'une démarche pataude, aussi vite que le lui permettent ses courtes pattes. Quand je relève les yeux, je ne trouve plus le moindre signe de végétation ni écartée ni écrasée. Aucun indice qu'un homme et une petite fille soient passés par là. Je regarde dans l'autre direction. Devant moi. Sur les côtés. Mais je ne vois aucune trace, pas même celle du chemin que j'ai parcouru jusqu'ici. Je suis perdue au milieu d'une mer d'herbes hautes. Muettes, implacables, elles m'encerclent.

Une vague de vertige me frappe si brutalement que je ferme les yeux. À l'instant où je rouvre les paupières, le dernier rayon de soleil écarlate s'éteint derrière les arbres sur la rive. Je suis seule dans un endroit inconnu, avec le silence et les ténèbres qui s'épaississent de minute en minute. Je me dirige au hasard sur ce terrain inhospitalier.

Un homme et une fillette débarquent sur un îlot. Ils ne reviennent pas. Que s'est-il produit ? Il y a tout un tas d'explications plausibles, du moins voudrais-je m'en convaincre. Peut-être étaient-ils si absorbés par leur jeu qu'ils en ont oublié l'heure ou tout simplement… Fébrile, j'imagine d'autres scénarios possibles. Vraisemblables. Anodins. Seul problème : aucun ne m'apprend pourquoi Alex et Smilla n'ont toujours pas réapparu ni répondu à mes appels. Je prends une nouvelle inspiration ; mon cri est si hystérique que je sursaute au son de ma propre voix.

Je fouille les herbes et les bosquets du regard. Mes jambes s'activent, mes gestes deviennent saccadés. J'arpente l'île sans but, je ne sais plus où je vais ni d'où je viens. Je suis si tendue que je n'arrive plus à m'orienter. Je ne repère nulle part le moindre signe de vie humaine. Un sanglot me monte à la gorge. Smilla !

Et là, je me fige, un frisson se propageant dans mon corps. Je viens d'apercevoir une pierre par terre, à deux mètres de moi. Et, un peu plus loin, un objet foncé. J'ai beau ne pas identifier tout de suite ce que j'ai devant les yeux, je sais au plus profond de moi que cela ne fait pas partie de la végétation des lieux. Redoutant ce que je peux découvrir, je me rapproche. Ce n'est qu'une fois tout près que le poids dans ma poitrine s'allège. Je m'accroupis dans l'herbe. Il s'agit d'une botte noire tout usée, ses œillets dépourvus de lacets. Elle n'appartient ni à Alex ni à Smilla, j'en suis certaine. Sans trop savoir pourquoi, je tends la main vers la botte. On dirait que mes doigts obéissent à une force qui s'élève de la terre sous mes pieds.

Je ramène vivement ma main vers moi. Quelles drôles d'idées ! Les légendes qu'a racontées Alex sur le Cauchemar et ses pouvoirs maléfiques ont dû me perturber. Je me remets en chemin, martelant à moi-même que tout cela n'est que vaines superstitions. Pourtant, je ne peux m'empêcher de lancer des coups d'œil par-dessus mon épaule. Mes jambes fendent l'herbe à un rythme de plus en plus rapide, j'avance maintenant au pas de course.

Je louvoie entre les arbres pendant que l'ombre gagne. Leurs branches noueuses se tendent vers moi tels des bras menaçants ; des rameaux pareils à des griffes m'attrapent, m'éraflent le crâne, et malgré moi je pousse un hurlement suraigu. Je ne peux supporter le son de ma propre peur. Mon imagination s'emballe et génère en moi une panique intense. Je ne les retrouverai jamais !

C'est là qu'une idée me vient à l'esprit. Si je ne les trouve pas, je n'ai qu'à leur téléphoner. Comment ai-je pu ne pas y penser plus tôt ? Je ralentis et, à bout de souffle, porte la main à la poche de mon pantalon corsaire. Elle est vide. Je palpe l'autre, sans plus de succès. Mon portable est-il tombé alors que je montais la côte ? Est-il dans le hors-bord ? Je fais fonctionner ma mémoire.

Je n'avais pas mon téléphone sur moi en quittant le cottage. La sortie était improvisée et, pour être honnête, je n'avais pas l'intention de les accompagner. Je ressens de nouveau un poids sur la poitrine, sauf que cette fois il n'a rien à voir avec mon effort physique. Je regarde alentour, guettant désespérément un coin de robe rose pâle, aussi petit soit-il, une mèche de cheveux blonds. Or Smilla n'est plus là, je le sens, je le sais. Mon portable est à la maison, sans doute dans mon sac. Il n'y a plus qu'une chose à faire : rentrer. Pourtant, cette idée me déplaît. Quitter l'île sans les avoir retrouvés ? Les abandonner à leur sort ?... Ce mot me déchire le cœur. « Il y a un truc qui déraille. Qui ne tourne pas rond du tout. » Non ! Je réprime cette voix mauvaise. Tout s'arrangera dès que j'aurai mis la main sur mon téléphone. Je pourrai alors contacter Alex. Qui sait ? peut-être a-t-il déjà essayé de me joindre ? J'accélère encore l'allure, ignorant ma fatigue. Je dois récupérer mon mobile sans tarder. Toute la difficulté étant de regagner l'endroit où est amarré le bateau.

Je fais un pas... et je bascule dans les ténèbres. Le sol se dérobe sous mes pieds. Je perds l'équilibre, me rattrape de justesse, l'estomac noué. Quand je me suis ressaisie, j'observe le paysage sous mes yeux. C'est la rive où nous avons accosté. Comment ai-je atteint si vite mon point de départ, en étant à ce point désorientée ? Le canot se profile au pied de la colline comme s'il ne s'était rien passé. Alex et Smilla ne m'y attendent pas, mais au moins, il est toujours là. Une seconde plus tard, je suis étonnée par mes propres réflexions. Où aurait-il bien pu aller ?

Un malaise me taraude. À moins que ce ne soient des regrets ? *Si seulement je pouvais remonter le temps, tout défaire, tout refaire.* Repoussant ces pensées, je jette un coup d'œil en arrière. Il fait nuit noire à présent. Je me représente deux silhouettes, une grande et une petite, qui surgissent de l'obscurité et courent vers moi en riant. Mais personne ne vient.

Un oiseau survole ma tête, si près que je perçois l'air déplacé par ses ailes. Je devine les contours d'un long corps fin et d'un bec en forme de poignard. Le plongeon effectue un piqué au-dessus du lac. Je le suis un moment du regard. Puis j'amorce la descente.

3

Je dois rejoindre le cottage. Je mets le canot en marche et traverse le lac à toute vitesse vers le ponton branlant. De nombreuses embarcations en bois ou en plastique se balancent sur l'eau. Mes mains tremblent et je peine à attacher l'amarre de mes doigts pataudś. Le souffle court, les muscles raides, je remonte d'un pas mal assuré l'étroit sentier qui s'éloigne du rivage. La douleur dans mes hanches se réveille lorsque je trébuche sur une racine ; je serre les dents. Le cottage m'attend, silencieux, au bout du chemin. De part et d'autre, de hauts thuyas et une falaise escarpée le dissimulent aux regards. La clé est là où nous l'avons déposée, sous l'escalier qui mène à la porte d'entrée.

Mes doigts sont engourdis par le froid. Je dois prendre plusieurs grandes inspirations avant de réussir à faire fonctionner la serrure. Alors que je referme le battant, une flèche de fourrure file à mes pieds avec un miaulement d'indignation : Tirith semble me reprocher de l'avoir laissé dehors aussi longtemps. Sans me soucier du chat ni retirer mes chaussures, je me précipite à l'intérieur. J'allume toutes les lampes et ouvre toutes les portes en appelant Alex et Smilla, en vain.

Dans la maison, le temps paraît s'être arrêté en notre absence. Sur la table de la cuisine, des journaux traînent à côté d'un bol de fromage blanc séché, et les Barbie de Smilla sont éparpillées par terre. Je la revois assise en train de jouer avec les poupées, et le poids dans ma poitrine s'accroît.

C'est ainsi que je découvre l'empreinte de pas sur le sol. Une trace de boue foncée et poisseuse portant le motif distinct d'une semelle. J'ai un mouvement de recul, les yeux écarquillés. Est-ce que quelqu'un se serait introduit dans la maison durant notre absence ? Est-ce que… Je sens mes cheveux se dresser sur ma tête et mes bras se couvrir de chair de poule. Y a-t-il quelqu'un ici en ce moment ? Caché sous un lit ou dans une armoire, prêt à se jeter sur moi ? Je frissonne. C'est alors que j'aperçois une deuxième empreinte, puis une troisième. Elles vont toutes vers le même point. Moi.

Baissant les yeux, je me rends compte que je n'ai pas ôté mes tennis roses. L'une d'elles est toute sale. Soulevant le pied, je constate que la semelle est boueuse et une odeur de décomposition envahit mes narines. De l'argile. Je me souviens alors de la pente où j'ai dérapé. Est-ce la glaise de l'île qui est maintenant répandue partout dans la maison ? La glaise de l'endroit où Alex et Smilla… Je contemple les empreintes, terrassée par la tristesse. Comment ai-je pu quitter l'île sans eux ?

Un mouvement attire mon attention. Tirith lève la tête vers moi, sa fourrure hérissée par son fin collier rose. Il balance lentement la queue de gauche à droite tout en m'observant, les paupières plissées. Comme s'il se demandait ce que je fais ici, seule, vêtue d'un pull qui appartient au maître des lieux. Nous nous dévisageons un instant. Le chat tourne ses yeux jaunes vers les traces de boue, puis vers moi. On dirait presque qu'il va exiger des explications. « Comment ça, ils ont disparu ? » J'enfouis le visage dans mes mains, étouffant un cri. Les pensées se bousculent dans ma tête, de plus en plus vite, m'aspirent dans un tourbillon menaçant.

Je réussis tant bien que mal à me ressaisir. De l'extérieur, je vois la scène pitoyable que je suis en train d'offrir. Secoue-toi immédiatement !

— Il faut que j'appelle Alex, dis-je en écartant les mains. C'est pour cette raison que je suis revenue.

J'ai l'impression de me justifier auprès du chat et de moi-même. Les mots – hauts et forts – sont ma protection contre les pensées silencieuses, mais traîtresses, qui menacent de me plonger dans les ténèbres si je les laisse prendre les commandes. Il ne faut pas que je tente de considérer la situation dans son ensemble, je dois procéder pas à pas, c'est la seule façon de garder les idées claires.

La maison n'a pas de ligne téléphonique, aussi dois-je tout d'abord retrouver mon mobile. Je me déchausse et, mes tennis à la main, me dirige vers le fond du couloir d'un pas décidé. J'enlèverai mes empreintes plus tard.

La chambre que je partage avec Alex est presque entièrement occupée par le grand lit. Mon cœur se serre lorsque je repense aux dernières heures que nous y avons passées tous les deux. Au prix d'un effort considérable, je parviens à contrer le vertige et les tourbillons de nervosité qui m'assaillent.

Du côté d'Alex, la pièce est rangée avec soin. Les vêtements sont accrochés dans la penderie ou pliés dans la commode. Il a même bordé sa moitié de lit. La mienne est recouverte de robes légères, de jeans et de tops. Mon sac fourre-tout est posé sur la chaise au chevet du lit, avec quelques livres minces et deux bâtons de rouge à lèvres. Mon soutien-gorge en dentelle écarlate est sur le dossier. Je l'ai acheté quand nous avons planifié ce voyage. En même temps que la cravate en soie noire pour Alex. Je déglutis de manière involontaire. Ne pense pas à ça maintenant. Concentre-toi sur ce que tu dois faire !

Je fouille rapidement mon sac, ouvrant et retournant toutes les poches, et, pour finir, le secoue au-dessus du lit, mais pas de téléphone. Où peut-il bien être ? Je fonce dans la cuisine. Tirith, plein d'espoir, trottine devant moi, décrit plusieurs cercles autour de son écuelle, puis s'assied et se lèche les babines, déçu.

— Tout va s'arranger, je vais juste chercher…

Je continue à bavarder – avant tout pour me calmer – en faisant le tour de la pièce. Je décale les journaux et assiettes sales sur la table, les Barbie de Smilla, je regarde derrière la cafetière électrique et sur l'étagère au-dessus de la plaque de cuisson. Impossible de mettre la main sur mon téléphone portable. J'examine même l'intérieur du frigo avant de m'attaquer au séjour.

J'imagine déjà ma conversation avec Alex. Comme il va rire quand je l'appellerai. « Tu ne devineras jamais ce qui s'est passé ! » Je l'entends presque me raconter comment Smilla et lui ont disparu. Une explication toute bête, complètement naturelle. Il y en a une, il faut qu'il y en ait une. Je ne vois juste pas laquelle. « Ce n'est pas logique, cette histoire », me souffle une voix dans ma tête alors que je passe les mains entre les coussins du canapé. Personne ne peut disparaître comme ça. Pas sur une île.

Repoussant les rideaux, j'inspecte les rebords des fenêtres et dans ma précipitation je bouscule une statuette en verre. Comme au ralenti, je la vois tomber en tournoyant, s'écraser sur le sol et se briser en mille morceaux. Je sens ma raison fléchir, le désespoir me taraude. Les oreilles emplies d'un sifflement aigu, je regagne en toute hâte la chambre à coucher et refouille mon sac, soulève fébrilement mes vêtements, déplace livres et maquillage. Mon téléphone n'est nulle part.

Dans la chambre de Smilla, je mets à sac toutes ses affaires : poupées et peluches, livres et albums d'autocollants. Je sais que je cherche quelque chose, mais à ce stade d'affolement, je ne me rappelle plus quoi. C'est Smilla qui occupe mon esprit. Ma jolie petite Smilla. Mes pensées échappent à mon contrôle, je suis peu à peu aspirée dans le tourbillon de panique que j'essayais à tout prix d'éviter. Ils ont disparu. Pourtant c'est impossible. Un homme et une fillette avalés par la surface de la Terre ? Absurde ! Et le lac maléfique, alors ? « Des gens ont disparu, le sang a coulé. »

Du coin de l'œil, je perçois soudain un mouvement, suivi d'un grand fracas. Je fais volte-face en criant. Plusieurs centaines de perles s'éparpillent sur le sol avec un roulement de tonnerre qui frappe mes tympans, et je découvre Tirith, figé, avec une expression à la fois effrayée et coupable. Quand le silence revient, le regard du chat va tour à tour de moi à la boîte de perles. Il a dû me suivre sur le bout des coussinets. A-t-il pris mes recherches pour un jeu ou a-t-il bousculé la boîte par mégarde ?

Je pose une main sur ma poitrine en essayant de reprendre mon souffle et tends l'autre vers le chat, qui s'approche, hésitant. Je le caresse avec des gestes lents et réguliers pour nous apaiser tous les deux ; quand il se frotte contre moi, je serre impulsivement son corps chaud dans mes bras. Ma vue se brouille et un sanglot s'échappe de mes lèvres.

— Elle va revenir. Tu vas voir, elle va bientôt revenir.

Le chat est-il d'avis, lui aussi, que mes paroles sonnent faux ? Lorsque j'enfouis mon visage dans sa fourrure, il émet un ronronnement puis, les yeux mi-clos, me lèche les joues de sa langue râpeuse, comme pour me consoler ou m'encourager. Nous restons immobiles un moment. Finalement, il se dégage d'un bond, entreprend de faire sa toilette. Alors, je retourne dans la salle de séjour, les bras le long du corps et les poings serrés. Où est ce fichu téléphone ? Si j'arrive à joindre Alex, tout rentrera dans l'ordre. Je me corrige aussitôt : pas « si », « quand » je le contacterai.

J'explore la pièce de fond en comble, inspectant tous les endroits imaginables, le moindre recoin, les espaces entre les meubles et au-dessous. En vain. Le sang me bat aux tempes et je suis à deux doigts de pousser un cri hystérique, lorsque je me fige : j'ai entendu un bruit. Une seconde s'écoule, puis je perçois derechef un son étouffé, mais reconnaissable entre mille. Mon téléphone !

On dirait que le signal vient des chambres. Je me rue dans le couloir en trébuchant et m'immobilise devant les portes, le cœur battant, pour attendre la prochaine sonnerie. Pourvu que le répondeur ne s'enclenche pas tout de suite !

Quand la sonnerie retentit à nouveau, je saisis qu'elle provient de notre chambre, de notre lit. Je me précipite. Bizarrement, elle s'élève du côté d'Alex. J'arrache d'un coup sec la couverture tendue avec tant de soin et là, au milieu du lit, sur le drap blanc bien lissé, je trouve enfin mon téléphone portable.

Je n'ai pas la moindre idée de la façon dont il a atterri là, mais je n'ai pas le temps d'élucider ce mystère. L'appareil vibre et son écran s'allume. Je l'attrape d'une main moite et tremblante. Je ne connais que trop bien le numéro qui s'affiche. Pas maintenant ! Je réponds quand même, sans comprendre pourquoi. Tout ce que je sais, c'est que je serre fort les paupières en décrochant.

4

À l'autre bout, maman est hors d'haleine. Mon estomac se noue sous l'effet de cette inquiétude héritée de mon enfance. Est-ce qu'il s'est produit quelque chose ? Mais cela ne dure qu'un instant. Le pire est arrivé il y a longtemps. L'essoufflement de maman peut s'expliquer par une centaine de raisons. Elle rentre peut-être de sa promenade quotidienne. J'ignore si elle aime toujours la marche et je m'en moque. Je pense à Alex. Et s'il était en train de laisser un message sur mon répondeur ? D'essayer de me joindre en ce moment même ?

— Maman, il faut que je…

Elle ne m'écoute pas. Imperturbable, elle se lance dans sa rengaine : sa fatigue, ses journées particulièrement pénibles, et les menaces de ce énième client à l'encontre d'une collègue.

— La teneur habituelle : « Je connais votre adresse et je sais où se trouve l'école de vos enfants. » Sauf que celui-là a renversé son bureau.

Je meurs d'envie de l'interrompre, de lui crier que j'ai assez à faire avec mes propres problèmes et que j'ai traversé des épreuves bien pires. Bien sûr, je garde le silence.

Maman poursuit ses jérémiades avant de passer au sujet suivant, la météo. Mon cœur se soulève. Pourquoi fait-elle ça ? Pourquoi s'obstine-t-elle à prétendre que nous sommes une mère et une fille normales ? Qu'après tout ce temps nous pourrions écarter l'obstacle qui nous sépare : les événements de ce fameux soir. La disparition de papa.

Je me laisse tomber sur le bord du lit, une main sur le front. Quand maman se tait, je comprends qu'elle m'a posé une question. Je me racle la gorge et lui demande de répéter.

— Tu es seule ?

À ces mots, un flot de sentiments contradictoires me submerge. Ils appartiennent pourtant à l'époque d'avant Alex. À ces soirs passés assise à la table de la cuisine dans le silence de mon appartement vide, avec une bougie pour toute compagnie, écartelée entre mon désir d'affection et la peur de voir quelqu'un franchir la muraille dont je me suis entourée. « Tu es seule ? »

Je refoule mes larmes. Ce n'est vraiment pas mon genre d'être aussi sensible, mais depuis ma consultation au centre de santé, deux semaines plus tôt, je ne suis plus moi-même. Et après la soirée que je viens de vivre, comment pourrais-je être dans mon état normal ? Je revois les eaux calmes et mystérieuses du Cauchemar, l'île, la pente abrupte d'un côté et la cime des arbres se détachant contre le ciel. Alex. Smilla.

Oui, je suis seule.

Maman soupire. Je devine ce qu'elle pense : « Tu me déçois beaucoup, Greta. » Je me redresse, la gorge nouée.

— Maman, je n'ai pas le temps… je dois…

— Tu as une drôle de voix. Quelque chose ne va pas ?

Et si je lui racontais la vérité ? Comment réagirait-elle ? Rappliquerait-elle sur-le-champ pour me serrer dans ses bras ? Prendrait-elle les commandes, comme pendant ma jeunesse ? M'ordonnerait-elle quoi faire, dire, penser, ressentir ? Sans doute.

— C'est bien calme autour de toi, lance-t-elle, soudain aux aguets. Où es-tu ?

J'inspire profondément… et lui raccroche au nez. Quand le téléphone se remet à sonner, je coupe le son.

5

Je ressors de la chambre, les jambes flageolantes. Mes conversations avec maman sont rarement détendues, mais le dernier échange m'irrite plus que d'habitude. La banalité de notre dialogue détonne tant avec la situation que je vis.

Je m'arrête entre la salle de séjour et la cuisine. Le téléphone vibre dans ma main. Elle finira bien par laisser tomber. Depuis le sofa où il est lové, Tirith me lance un regard impatient. Je marmonne :

— Oui, oui, j'y vais.

Or je ne sais pas du tout où aller. Je dois agir, mais de quelle manière ? Le coup de fil de maman m'a déstabilisée et je dois recommencer à zéro. Il y a quelques minutes, j'avais un plan. Trouver mon portable... et ensuite ?

Je baisse les yeux vers le téléphone. Dire que pendant tout ce temps il était sous les draps tendus. Comme si on l'y avait caché. Non ! Je secoue vigoureusement la tête pour chasser ce soupçon qui prend forme. Tout ce qui compte, c'est de pouvoir communiquer avec le reste du monde et contacter Alex. Oui, voilà ce que je voulais faire !

Je compose son numéro, les doigts tremblants. Ma gorge se serre au son de la voix d'Alex. Une fraction de seconde, j'ai la folle certitude que c'est lui, que tout va s'arranger, puis je m'aperçois que c'est juste le répondeur. Je raccroche et rappelle dans la foulée, écoutant à trois ou quatre reprises le ton vendeur et enjoué d'Alex. Chaque fois que le bip de la messagerie retentit, je reste muette. Quels mots emploie-t-on quand tout ce qu'on veut, c'est une explication à l'inexplicable ?

« Bonjour, vous êtes sur le téléphone d'Alexander... » En entendant ces mots, je me sens propulsée en arrière, au jour de notre rencontre.

Il était entré dans la boutique, accompagné d'un collègue. Katinka l'avait vu la première.

« Regarde », avait-elle soufflé en me donnant un coup de coude.

Je m'étais tournée dans la direction qu'elle m'indiquait. Il portait un costume très seyant, son crâne était rasé. Quand il avait tendu la main, la manche de sa chemise blanche parfaitement repassée avait glissé, révélant un entrelacs de tatouages. C'étaient les contrastes de son apparence qui m'avaient fascinée. Il avait ensuite expliqué le but de sa visite : il était venu présenter une nouvelle ligne de cosmétiques inspirée d'une chanteuse célèbre. Si son collègue nous avait saluées, je l'avais à peine remarqué. Je me souviens que pendant un bref instant Alex m'avait fixée en silence de ses yeux bleu acier.

« Greta, c'est ça ? »

Le gérant était alors arrivé et avait pris le relais avec un sourire poli et une rapide poignée de main. Visiblement, ils avaient rendez-vous. Alex nous avait adressé un signe de tête avant de suivre notre patron dans son bureau. J'étais certaine qu'il sentait mon regard dans son dos, qu'il allait me sourire par-dessus son épaule, mais il n'en avait rien fait.

Le lancement de la série de cosmétiques avait donné lieu à une soirée exceptionnelle et haut de gamme. Nous avions installé des silhouettes en carton grandeur nature à l'effigie de l'artiste dans différentes poses glamour et offert du rosé pétillant sans alcool et des chocolats de luxe sur des plateaux dorés. Katinka et moi étions en train de maquiller des clientes lorsque j'avais découvert Alex parmi le public au pied de mon podium. Son regard m'avait fait l'effet d'une décharge électrique. J'avais ressenti une telle attirance que j'en avais perdu la voix. Plus tard, quand il y avait eu moins d'agitation et que nous avions commencé à mettre de l'ordre, il était apparu près de moi.

« Greta, avait-il lancé. Comme Greta Garbo. »

Ou plutôt comme Gretel dans le conte de la sorcière dans sa maison en pain d'épices, avais-je songé. Mais j'étais si hypnotisée par lui que je n'avais réussi qu'à hocher la tête. Il avait esquissé un petit sourire en coin.

« Alors comme ça, ta mère t'a baptisée d'après une vedette du cinéma ? »

Je m'étais éclairci la gorge.

« En fait, c'est mon père qui a trouvé ce prénom. »

J'avais regretté immédiatement d'avoir orienté la conversation sur lui. Je t'en supplie, ne pose pas de question. Mais Alex n'avait pas cherché à en savoir plus. Du moins pas à l'époque. Il s'était appuyé nonchalamment à un rayon de flacons de parfum et avait porté sa flûte à ses lèvres.

« En tout cas, ce prénom te va bien. Greta Garbo était une vraie beauté. »

Il m'observait avec une telle intensité que j'avais dû me détourner. Pour me donner une contenance, j'avais rajusté mon tee-shirt noir avec le logo de la boutique sur la poitrine, consciente de son regard qui suivait mes doigts.

« Et puis… elle était assez secrète. J'ai le sentiment que tu l'es aussi. »

Quelque chose de chaud se frotte contre ma jambe et je baisse vers Tirith un regard brouillé. Quand, plus tard, j'avais parlé de mon père à Alex, je n'avais pas dit toute la vérité. « Secrète. J'ai le sentiment que tu l'es aussi. » Peut-être bien.

Tout en calant mon téléphone entre mon épaule et mon oreille, je gratte le chat sous le menton. Tirith ferme les yeux avec une expression béate et presse sa tête contre mes doigts. Je consulte mon répondeur : toujours rien. Je compose à nouveau le numéro d'Alex et, cette fois, laisse un message. De quoi cela aurait-il l'air, sinon ? La seconde d'après, je plisse le front. Quelle drôle de réflexion !

Armée d'un chiffon attrapé dans la cuisine, j'essuie grossièrement mes empreintes boueuses et je ramasse les débris de la statuette dans le séjour. Indécise, je refais le tour du cottage. Je m'arrête dans le vestibule, espérant entendre des pas dans l'escalier, des voix joyeuses qui se rapprochent, voir la poignée de la porte s'abaisser et le père et la fille se précipiter à l'intérieur en lançant « On est rentrés ! », mais rien ne se passe. Dans ma tête, c'est soudain le tumulte et le vide en même temps. Disparus. Partis. Impossible.

Je pivote vers le miroir de l'entrée, et examine des pieds à la tête la femme brune au maquillage impeccable qui me fait face. J'évite toutefois prudemment l'ombre violacée sur sa gorge. Plongeant les yeux dans ceux de mon reflet, j'essaie de percer le voile qui m'isole du reste du monde. Mon éternel bouclier. Mon arme. Que ferait une personne normale dans ma situation ?

Avant même que la question se soit formée dans mon esprit, je connais la réponse : appeler de l'aide. Comment ai-je pu attendre si longtemps – en somme des heures – après la disparition d'Alex et Smilla sans donner l'alarme ? Les joues en feu, j'évite le regard toujours plus vif de mon reflet. Appeler la police reviendrait à admettre que le pire est arrivé. Or je refuse de laisser mes pensées emprunter cette voie. Alex et Smilla sont sains et saufs, j'ai besoin de m'en convaincre. « Alors pourquoi ne sont-ils pas avec toi ? » Je frissonne, mes bras et ma nuque se couvrent de chair de poule. Je dois retourner sur l'île. Je n'ai pas le choix.

Mais lorsque j'entreprends de remettre mes chaussures, un vertige me saisit.

Voilà plusieurs heures que je néglige mon propre état. Je me rends compte à présent que je suis complètement épuisée. J'ai besoin d'un moment de répit et, à défaut de pouvoir manger, d'un peu d'eau.

D'un pas chancelant, je vais dans la cuisine en me tenant aux placards au dessus du plan de travail ; je n'ouvre que le dernier. Je survole du regard les bouteilles. C'est un remontant qu'il me faudrait vraiment. Je claque la porte et m'écroule sur une chaise. Je n'ai pas le droit de boire. Surtout pas maintenant.

Devant mes yeux flotte une silhouette floue aux traits que je devine masculins, bruts. Les mèches ondulées sur le front, l'arrondi très marqué des lèvres. Papa ! C'en est trop. Mes dernières bribes de sang-froid et de résolution s'envolent. Le visage dans les mains, je m'effondre sur la table. Va te faire voir, Alex !

6

C'est une sensation duveteuse sur ma figure qui me réveille. Par réflexe, je lutte contre ce poids et contre l'éveil. Élevant le bras – « Arrête, je ne veux pas ! » –, je heurte un petit corps chaud et un miaulement offensé se fait entendre. J'ai la nuque si ankylosée que je gémis, et une jambe tout engourdie. Posant la main sur la joue, je contemple la toile cirée sous mes yeux. Me serais-je endormie ? La tête sur la table ?

Méfiant, Tirith lève vers moi un regard accusateur.

— Je suis désolée, dis-je d'une voix rauque en massant mes vertèbres endolories. Je ne savais pas que c'était toi. Je croyais…

Soudain, je me souviens. Sans achever ma phrase, je bondis vers les chambres. Celle de Smilla est sens dessus dessous après mon passage, mais je ne prête attention qu'au lit. Vide. Ni boucles blondes sur l'oreiller ni corps qui se dessine sous la couverture. Tombant à genoux, j'enfouis le visage dans les draps et hume son odeur. Ça ne peut pas être vrai. Mon Dieu, faites que ça ne soit qu'un mauvais rêve.

Les larmes essaient de couler, mon cœur se serre et un gémissement s'échappe de ma gorge. Mais quelque chose fait barrage entre mes sentiments et moi. Une voix désagréable dans ma tête. « Hypocrite. » Je me relève maladroitement, les yeux secs. Par acquit de conscience, je jette un bref regard dans la grande chambre, où, de toute évidence, personne n'a dormi non plus. Ma nausée va et vient comme la marée. Mon cerveau, lui, est embrumé. À croire que j'ai vraiment vidé les fichues bouteilles qu'a apportées Alex. « Et qui te dit que ce n'est pas le cas ? Comment peux-tu être certaine de quoi que ce soit ? »

Tirith patiente dans la cuisine. Quand je lui verse des croquettes, il remue la queue avec enthousiasme. C'est bien sûr pour cela qu'il m'a réveillée. Dire que je voulais juste me reposer un instant et que c'est déjà le matin ! Ignorant mon estomac noué, je glisse quelques tranches de pain blanc dans le grille-pain et remplis un bol de fromage blanc avec des gestes mécaniques. J'essaie de ne pas songer à l'absurdité de ces activités si quotidiennes. Il faut que je mange, alors je me force.

Le toast croustille sous mes dents et me griffe la gorge. Je palpe doucement ma peau fine, puis je regarde la chaise qu'occupait Smilla la veille encore.

Ils étaient entrés ensemble dans la cuisine : Alex, bras en l'air, une main sous les côtes de Smilla, l'autre serrée sur sa jambe ; elle, planant comme un avion tandis qu'il la faisait tournoyer ou plonger en piqué. Durant une manœuvre, la tête de Smilla avait dangereusement frôlé une porte de placard, et ensuite Alex avait paru à deux doigts de perdre l'équilibre. J'avais pourtant ravalé mes objections pour ne pas les embêter.

Puis Alex avait déposé Smilla sur une chaise afin de lui préparer son petit déjeuner. Pendant ce temps, les genoux relevés sous sa chemise de nuit, elle l'avait observé avec une admiration sans bornes. Peut-être était-ce le bonheur pur et sincère de Smilla qui avait raffermi ma décision de la soirée précédente.

Gentil papa.

Gentil papa.

Gentil papa.

La vision de Smilla assise en face de moi persiste, cependant que ses traits commencent à s'estomper, comme si elle était là et ailleurs tout à la fois. Soudain, c'est moi-même que je vois, et l'homme qui va et vient dans la cuisine, personnification du jeu, est mon propre père. Papa. Qui m'a déposée sur une chaise après m'avoir portée sur ses épaules, m'avoir transbahutée tête en bas et fait tournoyer, à la force de son corps vigoureux et de sa poigne rassurante. Il ouvre placards et tiroir, sans doute pour préparer le petit déjeuner dominical. Mais alors, il reprend ses pitreries. Il me perche une assiette en équilibre sur la tête et me sert une serviette tartinée de beurre. Quand il m'embrasse sur la joue, je sens son haleine chargée et, sur sa peau, une odeur de parfum, une odeur de femme.

Maman entre à son tour, mal réveillée, les cheveux en bataille. Elle étouffe un bâillement de la main, et lorsque papa s'approche d'un pas de danse en fredonnant une mélodie idiote, elle esquisse derrière ses doigts un sourire en coin qui signifie « J'ai l'amoureux le plus déjanté du monde ». Ils échangent un long baiser passionné et, croyant que je n'entends pas – ou que je suis trop jeune pour saisir –, papa murmure : « J'ai passé une excellente nuit. » Maman rit, gênée, et lève les yeux au ciel. Le bonheur fait briller son regard.

Moi aussi, je suis emplie de chaleur et d'euphorie. Mes parents s'aiment. Ils m'aiment. J'ai tout ce qu'on pourrait souhaiter.

Ma main ne tremble que légèrement quand je porte la cuillère à ma bouche. C'est un beau souvenir d'enfance. Il serait encore plus beau s'il n'était pas idéalisé à l'extrême. Si maman avait été épanouie au lieu de morose. Si l'odeur qui s'échappait des lèvres de papa avait résulté d'une nuit de sommeil, pas de la bringue de la veille. Et si j'avais pu faire semblant de ne pas remarquer que le parfum sur sa peau n'appartenait pas à ma mère.

Tout à coup, les morceaux de pain dans ma bouche sont beaucoup trop gros. La tranche que je tiens est secouée de tremblements violents. Mon estomac me tiraille, se noue. Je comprends enfin ce qui se passe et me redresse d'un bond. La chaise se renverse avec fracas. Une seconde plus tard, mes pieds courent sur le sol. Tirith file comme une flèche sous le canapé du séjour. Mais je n'ai pas le temps de me soucier d'un chat effrayé. J'ouvre à la volée la porte de la salle de bains. À peine ai-je soulevé l'abattant des toilettes que le vomi jaillit de ma bouche.

7

Aucun nuage dans le ciel ce matin. Le soleil darde ses rayons sur la carrosserie du véhicule devant le cottage. Ma voiture, dans laquelle nous sommes venus. Les phares évoquent deux grands yeux vides qui m'adressent un appel silencieux. « Sauve-toi pendant qu'il est encore temps. » Mais c'est impossible. Je ne pourrai quitter Marhem que quand j'aurai retrouvé Alex et Smilla.

Tête penchée, j'examine le gravier de la place d'à côté. On voit les traces du démarrage furieux d'un autre véhicule. Songeuse, je suis les profonds sillons jusqu'à l'endroit où ils s'interrompent. Je pense à ce qui s'est produit deux nuits plus tôt. Je m'étais réveillée en entendant du bruit dehors. Alex n'était plus au lit. Une voix aiguë, bouleversée, m'était parvenue par la fenêtre entrouverte, puis un coup violent dans une carrosserie, suivi du hurlement de pneus.

Le soleil me cuit les avant-bras, mais je reste immobile, fixant ma portière cabossée. Je pense aux deux passagers de l'autre voiture. À la personne qui est venue, à la personne qui est partie. Finalement, je m'éloigne. Je n'ai plus la force de réfléchir.

Arrivée près du ponton, la main en visière sur le front, je scrute la surface gris métallique du lac plein de mystères.

Un instant plus tard je suis dans le canot, sur les eaux du Cauchemar, les yeux orientés vers l'île. Je débarque lourdement, au même endroit qu'hier, et grimpe au sommet de la colline, où je regarde autour de moi. Je me tenais en ce point précis il y a à peine douze heures et je n'ai pas de temps à perdre. Résolue, je me mets en marche. Cette fois, je fouille l'îlot buisson après buisson. La botte noire est là où je l'ai trouvée, mais je passe mon chemin sans me laisser distraire.

L'endroit a beau être moins effrayant en plein jour, il demeure difficile d'accès. Les arbres déracinés et la végétation sauvage se mêlent à des zones humides. Mes chaussures s'enfoncent à intervalles réguliers dans la boue brun foncé et je dois tirer avec vigueur pour me dégager. Alex et Smilla ont sans doute rencontré les mêmes difficultés. Malgré son enthousiasme initial, Smilla a dû se lasser. Néanmoins, elle et Alex ont préféré poursuivre l'exploration plutôt que de revenir au canot où je les attendais. Un contretemps les a-t-il retenus ? Si c'est le cas, où sont-ils allés ? Je m'arrête net. Je prends conscience d'un blocage dans un coin de ma tête. Mon raisonnement et mes interrogations me semblent factices. Comme si je me jouais la comédie.

Je m'assieds sur un tronc d'arbre afin de téléphoner à Alex. Avant tout pour penser à autre chose. Son portable est toujours éteint et c'est de nouveau le message au ton professionnel qui m'accueille. Je coupe vivement la communication. Je devrais peut-être cesser de l'appeler. Chaque fois que j'entends sa voix, mon univers entier vacille. Je croise les jambes en tailleur. Soudain, les voilà, les souvenirs du jour où tout a commencé.

C'était tout au plus une semaine après la fête de lancement. J'avais fini tôt et j'étais sortie par le parking de la galerie marchande, manteau ouvert. La neige avait presque entièrement fondu et le soleil apportait la promesse du printemps, mais un vent cinglant soufflait et l'air ne s'était pas encore réchauffé. J'avais noté la présence d'une voiture foncée devant l'entrée, sans y prêter grande attention avant d'entendre le Klaxon suivi du chuintement de la vitre du côté du passager. C'était Alex. Par réflexe, j'avais lissé mes cheveux en m'approchant lentement, puis je m'étais baissée vers lui, une main sur le cadre de la fenêtre.

« Qu'est-ce que vous faites là ? »

Il avait ri de bon cœur avant de demander avec un sourire taquin si j'étais toujours aussi agressive. J'avais rougi en m'apercevant que ma surprise pouvait être perçue comme de la grossièreté. Cela étant, il ne m'avait pas laissé le temps de m'expliquer.

« Je t'attendais. »

Était-ce possible ? Mais pourquoi ? Je n'avais pas réussi à émettre un seul son.

« Monte ! Je te reconduis chez toi. »

Il parlait avec calme, comme s'il n'y avait rien de plus naturel. Cependant, il était un étranger pour moi. J'avais considéré l'arrêt où passerait dans quelques minutes le bus qui devait me ramener chez moi. À ma cuisine silencieuse. À ma solitude. Mon refuge. Mon fardeau.

« Comment connais-tu mes horaires ?

— C'est un secret. »

Je crois qu'Alex avait fini par ouvrir la portière, que c'était la raison pour laquelle j'avais accepté. Parce qu'il avait décidé pour moi. À peine avais-je marmonné mon adresse qu'il avait approché son visage tout près du mien. J'avais senti le rouge me monter aux joues, avant de m'apercevoir de ma méprise. Alex avait juste voulu attraper ma ceinture de sécurité, qu'il avait bouclée avec prévenance. Personne n'avait fait ça pour moi depuis que j'étais adulte. Ce geste un peu chevaleresque et démodé avait quelque chose de protecteur. Cela m'avait plu. Énormément.

Alex avait chaussé des lunettes de soleil et avait emprunté la voie express. De temps en temps, il tournait la tête vers moi. Il ne souriait plus, l'atmosphère était grave. Je cherchais quelque chose d'intelligent à dire, mais seules me venaient des platitudes sur la météo. Mon cœur battait la chamade et j'avais la bouche sèche. Quand la voiture s'était arrêtée devant mon immeuble, j'avais rassemblé mon courage et touché doucement son bras.

« Merci de m'avoir ramenée. »

Alex ne m'avait pas répondu ni regardée. Il n'avait pas bougé en dehors d'un léger haussement d'épaules. Il continuait de serrer le volant, les yeux rivés droit devant lui. On aurait dit qu'il se préparait à passer à l'action. Ou alors – cette idée m'avait soudain frappée – qu'il voulait repartir le plus vite possible. Qu'il avait compris son erreur. Peut-être n'aimait-il pas mon parfum ou me trouvait-il trop grosse ? Le court trajet en voiture avait-il suffi à lui apprendre que ma personnalité était tout sauf intéressante ?

J'avais envie de me hurler dessus.

Comment avais-je pu croire qu'une femme comme moi plairait à un homme comme lui ? Des vagues de chaleur avaient envahi mon visage et mon corps. Ce que j'avais espéré n'était que le fruit de mon imagination. Ma main tremblait en cherchant la poignée. Je devais à tout prix sortir de là et rejoindre mon appartement. Le vide et le silence.

« S'il te plaît, ne pars pas. »

Des doigts s'étaient refermés sur mon poignet. Je m'étais retournée avec lenteur. Le visage d'Alex était si près du mien que son souffle chaud m'avait caressé les joues.

« Tu as quelque chose de spécial, un je-ne-sais-quoi qui me donne envie… de prendre soin de toi. »

J'avais eu la vague impression, probablement à cause de cette petite pause, qu'il avait d'abord voulu terminer sa phrase par d'autres mots. J'aurais aimé déchiffrer son regard, mais ses yeux étaient invisibles derrière les verres.

Lorsqu'il avait effleuré ma paume, un frisson de volupté s'était propagé dans mon corps.

Alex avait ensuite tendu le bras vers la banquette arrière et attrapé deux sacs en papier brillant décorés de caractères élégants. Il m'avait fallu quelques instants pour retrouver ma langue.

« Qu'est-ce que c'est ?

— De la lingerie. Pour toi. »

Avais-je ri, croyant à une plaisanterie, ou compris tout de suite qu'il était sérieux ? Quoi qu'il en soit, j'avais mis un moment à me ressaisir assez pour répondre que je n'avais pas l'habitude qu'on m'offre des cadeaux.

Alex avait alors retiré ses lunettes de soleil et plongé son regard dans le mien.

« Autorise-moi à le faire. À prendre soin de toi. »

Voilà qu'il les prononçait à nouveau, ces mots qui m'emplissaient d'une douce chaleur, caressaient ma peau. En moi, un verrou avait cédé. Me laisser choyer, ne plus être livrée à moi-même. Permettre à un autre d'écarter ma cuirasse bien polie. L'oserais-je ?

« Comment as-tu deviné quelle taille je porte ? »

Ma voix n'était qu'un murmure. Le regard d'Alex n'avait pas fléchi.

« Je te vois. Celle que tu es vraiment. Je veux juste que tu le saches. »

Ce n'étaient pas seulement ses mots qui avaient été décisifs, mais aussi son intonation. Son insistance. J'en étais restée muette. J'avais le sentiment qu'il lisait dans mon âme. Ma personnalité, mon passé. Que lui, un étranger, avait écarté le voile noir qui m'isolait. J'avais pris une grande inspiration, ma main s'était glissée sur la nuque d'Alex et ma bouche s'était pressée contre la sienne, comme mues par une volonté propre. Il m'avait suivie dans mon appartement, où nous avions tiré les rideaux. C'était dans l'obscurité que notre histoire avait éclos. Et dans l'obscurité qu'elle allait croître.

Je grelotte. Les rayons du soleil ont du mal à percer le feuillage des arbres. Ici, la lumière n'est pas chaude et dorée comme autour du cottage, elle est blafarde. Mes jambes sont engourdies quand je repose les pieds sur le sol boueux.

Une sorte de courant traverse mes semelles. Au début, il évoque les fourmillements du sang qui afflue dans un muscle ankylosé. Mais lorsque je soulève avec prudence le pied, un puissant tourbillon d'énergie s'enroule autour de mes chevilles et de mes mollets. Dans un cri, je les ramène violemment vers moi. Un chuintement s'élève, suivi d'un bruit de bouchon qui saute, quand la boue me relâche enfin.

Je fuis le plus vite possible le cœur de l'île, m'appliquant à respirer à fond et à ne pas paniquer. Je frissonne, mais plus de froid. Peut-on s'enliser tout entier dans la boue ? Est-ce possible ici ? Alex et Smilla gisent-ils quelque part sous mes pieds, impuissants, leurs cris étouffés ? Des bribes des histoires macabres d'Alex me reviennent à la mémoire. Non ! Je m'efforce de leur barrer le passage. Non, non, non !

Tout à coup, je débouche sur le lac. Cette berge est bordée de rochers de tailles disparates, les uns émergeant de l'eau, les autres couverts d'algues ondoyantes. Voilà qui semble à la fois attirant et dangereux. Plissant les paupières, je mesure du regard la distance qui me sépare de la terre ferme. C'est bien trop loin. Smilla ne sait pas encore nager. En revanche, elle adore barboter et se montre très hardie dès qu'elle va se baigner.

J'observe, songeuse, les rochers silencieux. Et si Smilla s'était aventurée en zone trop profonde ? Et si, en tentant de la secourir, Alex avait glissé et s'était assommé ? Fermant les yeux, j'essaie de repousser les visions de catastrophe qui défilent. Elles ne font au contraire qu'empirer.

Se peut-il qu'une force, comme celle que j'ai cru percevoir tandis que j'attendais Alex et Smilla, les ait ensorcelés et conduits à la noyade ?

Le souffle court, je m'assène des tapes vigoureuses sur les joues pour chasser ces pensées déplacées. Cette fois, mon pouls met longtemps à se calmer et mes épaules à se relâcher.

À présent que j'ai fouillé presque toute l'île, une chose est sûre : ils ne sont plus là.

Je suis lentement la berge. Je ne dois pas céder à la panique. L'énergie qui émanait de la boue n'est que le fruit de mon imagination inquiète. Un lac et une île avec des pouvoirs magiques, ça n'existe pas pour de vrai. Il n'y a que dans les mauvais films et livres d'épouvante que des gens sont avalés par le sol ou attirés dans l'eau. Je le sais, tout de même. Alors pourquoi suis-je si anxieuse ? Parce que, je songe en m'approchant de ce qui ressemble à un campement, s'il ne se trame rien de surnaturel, il y a une explication rationnelle à la disparition d'Alex et de Smilla. Et cette perspective me terrifie encore plus.

Je regarde alentour. Une bâche verte et un vieux matelas traînent près d'un tas de bûches calcinées. Autour de ce feu de camp primitif sont éparpillés des mégots de cigarettes et des canettes de bière. Et un couteau à la lame tachée. J'examine avec soin le sol sans trop savoir ce que je cherche. Des traces de pas, peut-être ? Des objets oubliés ? N'importe quoi qui me mènera à Alex et Smilla. Lorsque je découvre un préservatif noué à côté du matelas, le souvenir de ce qu'Alex m'a imposé l'autre nuit me submerge. Je recule, écœurée… et marche dans une masse gluante. Je m'attends à voir une nouvelle flaque de boue, mais en baissant la tête, je croise des yeux vitreux de la taille de grains de poivre. De petites pattes tordues dépassent de dessous ma semelle. J'écarte le pied, hypnotisée par la bouillie brun-rouge et les viscères répandus par terre. Quand je comprends enfin ce dont il s'agit, la nausée revient avec la force d'un raz-de-marée. C'est un écureuil éventré. Me détournant, je vomis dans un genévrier. Puis je prends la fuite.

8

À mi-distance entre l'île et la terre ferme, je ralentis et coupe le moteur. Je retire mes chaussures pour nettoyer mes semelles dans l'eau, tout en essayant de me convaincre que l'écureuil a été attaqué par un prédateur à quatre pattes comme un renard ou un chat. Je refuse de penser au couteau qui traînait pas très loin. Je vomis encore par-dessus bord. L'acidité de la bile réveille la douleur sourde de ma gorge. Je m'essuie la bouche du dos d'une main que je rince également.

Au prix d'un gros effort mental, je repousse mes souffrances et l'image du cadavre éventré afin de réfléchir à la suite. Mes recherches sur l'île ont été vaines, pourtant je n'ai pas le droit d'abandonner. Je revois le visage souriant de Smilla, ses fossettes et ses joues rondes, et mon cœur se serre. Redressant l'échine, j'inspecte les environs. Le Cauchemar s'étend bien trop loin pour être visible dans sa globalité, mais ce qui s'offre à l'œil nu ne peut être décrit que comme paradisiaque. Flaques de soleil et vaguelettes qui rident la surface du lac, pontons entourés de barques et de petits canots à moteur qui se balancent sur l'eau, ainsi que deux plages, dont une avec un grand plongeoir. Des habitations de tailles diverses sont éparpillées sur les berges, certaines si proches qu'on distingue leurs pignons rouges et les mâts de drapeaux entre les arbres. D'autres, dont le cottage de la famille d'Alex, sont regroupées plus haut.

Je parcours le rivage du regard, maison après maison. L'école a repris la semaine dernière et Marhem s'est vidé de ses vacanciers, qui sont retournés à leur quotidien. Aucune trace de vie à l'horizon. C'est l'une des raisons pour lesquelles nous avions choisi cette période pour venir : profiter du calme. De la solitude.

La brise se lève, soulevant des gouttes d'eau qui rafraîchissent mes bras chauffés par le soleil. Un frisson se propage jusque dans mon ventre. Quelque chose bouge, quelque chose qui est moi tout en étant distinct. Peut-être que, comme l'été, ma vie telle que je la connais touche à sa fin. Malgré mes efforts pour lui tenir tête, le découragement s'abat sur moi. Vais-je arriver à m'en sortir ?

Tout à coup, je me surprends à scruter les profondeurs de l'eau sombre, penchée par-dessus le bord. Loin sous la surface, une force m'attire. Je sens mes yeux exercer une pression sur mes paupières écarquillées. Impossible de me détourner. Mes oreilles sifflent ; j'entends tout de même un autre bruit. Une vibration sourde, de plus en plus rapide, qui se mue en bourdonnement et enfin en chuchotement. Comme une voix qui monte de l'eau, de plus en plus menaçante. Je tremble. Je devrais m'empêcher d'écouter, m'empêcher de regarder. Mais j'ai perdu le contrôle de mon corps. Mes mains sont clouées au bord, les jointures blanchies.

Soudain, je me sens toute légère. Inconsciemment, je me lève du banc pour me pencher. C'est moi qui bouge, cependant je ne suis plus aux commandes. Le bateau s'incline sous mon poids, me rapprochant des flots mystérieux du Cauchemar. On dirait que le lac me tend les bras, veut me faciliter le pas. Il me suffirait d'un petit mouvement, de prendre un peu d'élan et je traverserais la surface. Je n'aurais qu'à me laisser aller pour toujours. Je ne ferais que tomber. En chute libre, hors du temps, pour l'éternité. Comme papa.

9

Le dernier soir. Celui où papa est tombé hors de nos vies. Quand on sait à quel point ces événements m'ont marquée, on pourrait croire que la série de souvenirs qui défile dans ma tête est très précise. Sauf que ce n'est pas le cas. Plus un détail est important et la vérité proche, plus le brouillard qui les entoure s'épaissit.

En revanche, je me remémore les petites choses qui se sont produites avant. Par exemple, que le temps avait fraîchi quelques jours plus tôt. Cachée dans le couloir obscur devant la chambre de papa et maman, je sentais la brise s'infiltrer dans l'appartement. Mes mollets et mes pieds, qui dépassaient de ma chemise de nuit, étaient frigorifiés. Le courant d'air m'apportait une odeur de tabac. Je savais ce que cela signifiait : papa avait ouvert les hautes fenêtres et s'était assis sur le rebord, une cigarette aux lèvres. À ses intonations, je devinais qu'il avait aussi un verre à la main. Il parlait d'une voix forte et méprisante, celle de maman était basse et chargée de reproches. Ils échangeaient les accusations et injures habituelles. « Pourquoi est-ce que tu… ? Ne vois-tu pas comme c'est humiliant quand… ? Espèce d'emmerdeuse ! »

J'étreignais mon ours en peluche. J'avais eu huit ans quelques mois auparavant, j'étais une grande fille, d'après les adultes, pourtant je dormais toujours avec Mulle. Au lit, j'enlaçais son corps jadis duveteux, rêvant d'une époque qui avait dû exister, mais dont je n'avais aucun souvenir. Une époque où papa et maman étaient heureux ensemble. Où papa ne rentrait pas tard le soir, avec des parfums étrangers sur la peau et les vêtements, où maman ne pleurait pas de l'autre côté des murs fins de l'appartement et où papa ne l'injuriait pas en guise de réponse.

« Une sale emmerdeuse, voilà ce que tu es ! »

Dans un sursaut, j'avais enfoui le visage dans le ventre de Mulle en serrant fort les paupières. Le mot tabou avait à nouveau été prononcé, celui qu'employait papa lorsque ses arguments et son vocabulaire se tarissaient. Cette attaque avait le don de jeter maman à bas. Mais papa s'obstinait à le lui cracher à la figure. Alors qu'il savait comme cela la blessait. Sans doute pour cette raison précise.

Le choix d'insultes n'était pas la seule chose récurrente, les disputes se déroulaient toujours selon le même schéma. Ce mot indiquait qu'à la querelle succéderait bientôt un silence écrasant. Cette soirée avait d'abord suivi le modèle prédéfini. Rien ne laissait présager le tour exceptionnel qu'elle allait prendre. Maman avait ouvert les hostilités, cette fois pour un col de chemise taché, et papa avait lancé une réplique moqueuse. Elle voulait des explications et des excuses, il n'avait fourni ni les unes ni les autres. Quand elle avait insisté, il avait dégainé son arme la plus affûtée. Et maman en avait perdu ses moyens.

C'est à cet instant, alors que je repartais discrètement me coucher, que contre toute attente la dispute avait repris. La voix était déformée par des accents haineux que je n'avais jamais entendus auparavant.

« Je sais parfaitement ce que tu as fait à Greta. Comment as-tu osé frapper ta propre fille ? »

Ces mots avaient claqué comme un coup de feu dans la chambre de maman et papa, s'ensuivant un silence total. Alarmant. Je m'étais figée sur place. Mes oreilles avaient commencé à siffler. J'avais refoulé l'image de mon mieux, mais voilà qu'elle revenait m'atteindre de plein fouet : la main qui fendait l'air et s'abattait sur moi.

Mulle était tombé par terre et ma paume s'était posée sur ma joue en guise de bouclier, mais déjà la peau me brûlait comme sous la piqûre de centaines d'aiguilles chauffées à blanc. « Pardon, Greta, je ne voulais pas. C'est juste en me retournant que… Tu sais que je ne voulais pas, dis ? Je crois qu'il vaut mieux n'en parler à personne. » Sans même avoir besoin de l'entendre, j'avais saisi qui était ce « personne » à qui il fallait à tout prix taire cet incident. Encore sous le choc, des larmes d'humiliation aux yeux, j'avais promis. C'était mieux ainsi. À présent, « personne » était quand même au courant.

Je me souviens qu'au lieu de regagner mon lit ou de demeurer cachée dans l'ombre je m'étais avancée dans le rectangle de lumière que formait la porte de la chambre de papa et maman. Je n'avais pas été découverte tout de suite, leurs voix étaient d'abord revenues. Je crois que les questions du comment, du qui et du pourquoi avaient fusé, mais c'est à ce moment que ma mémoire commence à me résister. Ce qui s'est passé ensuite, le chaos qui a dû se déchaîner… cela m'échappe. Oui, c'est tout à fait cela.

Bien sûr, ce n'est pas ce que j'avais dit après les événements. Quand mes camarades indiscrets et leurs parents à peine plus délicats m'avaient interrogée, j'étais restée muette comme une pierre. Je ne trouvais pas les mots justes. Ce n'est qu'en grandissant que j'avais compris que ce fameux soir ne sombrerait jamais complètement dans l'oubli. Maman et moi avions beau avoir déménagé et changé de travail et d'école, notre entourage nous posait toujours des questions, avec étonnement et effroi mêlés. J'avais fini par inventer une phrase, une excuse qui faisait taire ou du moins esquivait la curiosité. Je n'ai pas d'amis intimes, mais je m'en sers auprès de mes collègues et dans les occasions sociales. Je l'ai employée chez mes psychologues successifs et lorsque j'ai raconté mon histoire à Alex.

« Cela m'échappe. »

Une bonne parade, je trouve.

10

Quand j'atteins le ponton, le soleil s'est caché derrière les nuages. Tandis que je me bats avec l'amarre, je revois les mains habiles d'Alex qui nouent le cordage. Soudain, c'est un objet satiné qu'elles manient, une cravate en soie noire. Je me redresse, tremblante, et resserre mon gilet fin. Mes doigts montent d'eux-mêmes vers ma gorge et je prends plusieurs grandes inspirations pour disperser les visions.

Au lieu de remonter la pente vers le cottage, je décide de rentrer par le sentier qui contourne le lac. J'ai l'intention d'explorer les environs. Quelques cabanes peintes en rouge bordent le chemin. Je me dirige lentement vers elles en lançant un « ohé ». Pas de réponse. Les fenêtres et les portes sont closes, les pièces sont obscures derrière les rideaux en dentelle ou au crochet. Pourtant, des meubles et des pots de fleurs occupent encore les jardinets. Le week-end prochain, les maisons s'animeront, les garages se rempliront de voitures. Des parents fatigués, mais heureux, rentreront des valises tandis que leurs enfants enthousiastes dégourdiront leurs jambes demeurées trop longtemps inactives. Des voix joyeuses et des rires contagieux résonneront dans la rue. Pour le moment, l'endroit est désert. À moins que…

Je me rapproche à pas de loup. Je me fais l'effet d'une cambrioleuse, mais je ne peux pas m'empêcher de regarder à travers les vitres sales et de secouer la poignée d'un cabanon. Aucun signe du passage d'Alex et de Smilla. Cela ne me surprend pas. Je me remets en chemin, m'arrêtant de temps à autre devant un cottage en retrait ou à l'aspect négligé. Mon imagination se déchaîne, je vois Alex et Smilla attachés et bâillonnés dans une pièce exiguë sans fenêtre. Mes appels se font plus pressants, mon allure plus rapide. Cette fois encore, mon comportement me semble affecté et mes réflexions peu naturelles. Comme si mes recherches n'étaient qu'une façade, comme si je refusais de saisir la vérité pourtant à portée de main. Une balançoire en plastique jaune pend, solitaire, à un grand saule devant un cottage en rondins décoré de lambrequins. Elle vacille légèrement au gré du vent. Smilla aimait beaucoup faire de la balançoire. Ma gorge se serre à cette pensée. « Aime », pas « aimait ».

La nausée me reprend, me forçant à ralentir l'allure. J'ai envie de vomir, mais rien ne se passe. Je me sens à la fois épuisée et bourrée d'énergie. Comme si mon corps était le théâtre d'une lutte acharnée entre logique froide et sentiments irrationnels. Et pas seulement à cause de la disparition d'Alex et Smilla. En fait, je suis dans cet état d'esprit depuis le jour où j'ai quitté le centre de santé en chancelant, muette d'émotion, les paroles du médecin résonnant dans mes oreilles. Je tourne la tête dans la direction du lac, bien qu'il ne soit pas visible de l'endroit où je me trouve. Je me souviens comment, dans le canot, l'idée de rejoindre papa m'a effleurée. Vivre ou ne pas vivre, telle est la question.

J'avance les yeux rivés au sol. Je ne supporte plus la vue des balançoires aux branches d'arbres et des jouets abandonnés sur les pelouses. Je m'applique à mettre un pied devant l'autre, mes tennis roses apparaissant tour à tour dans mon champ de vision. Mes nouvelles sandales à talons et brides m'attendent toujours dans le vestibule, intouchées. Ce n'est vraiment pas le genre de vacances que j'imaginais. Un pas à la fois. Je marche encore et encore, longeant cottages et jardins. Quand le chemin de terre fait un coude, je continue tout droit, pénétrant dans la forêt.

Papa aurait adoré ces sandales. Il appréciait les jolies choses et avait bon goût. Chaque fois que je me déguisais en princesse – c'est-à-dire souvent –, il applaudissait en répétant d'un ton d'extase que j'étais mignonne comme tout. Maman, elle, secouait la tête, bouche pincée.

Il arrivait à papa de rapporter un paquet contenant un diadème scintillant, des pendants d'oreilles adhésifs aux couleurs criardes et même du rose à lèvres. Maman confisquait alors le maquillage en crachant que les petites filles avaient mieux à faire que se soucier de leur apparence.

De temps à autre, après les rares disputes qui avaient lieu pendant la journée, papa me rejoignait et me proposait d'enfiler une des nombreuses robes en tulle qu'il m'avait offertes pour jouer à aller au bal du château. Maman n'était jamais venue. Pas une seule fois. À la suite de ces querelles, elle s'isolait pour avoir la paix, par exemple aux toilettes ou dans la chambre à coucher, ou bien elle faisait une longue promenade.

Si je lui avais montré mes sandales, elle aurait rétorqué qu'elles n'avaient pas l'air pratiques et m'aurait demandé comment je parvenais à marcher avec elles. Maman est comme ça. Elle a toujours déguisé en inquiétude la déception que je lui inspire. Même si elle ne l'a jamais admis, je sais qu'elle trouve que j'aurais pu devenir mieux que cela. Parfois, je crois qu'elle a honte de moi, de mes choix. Elle travaille dans le domaine des rapports et conflits entre les gens, de leurs vies. Des choses qui comptent vraiment. Et voilà que sa fille se consacre au vernis, à la surface. Suivant les traces de son père. Y compris – ou peut-être surtout – sur le plan personnel. Alex. Penser à lui et à maman en même temps ne fait qu'accroître mon malaise. Je n'avais pas pu me retenir de parler de lui à maman, tout au début de notre relation. Bien entendu, elle n'avait ressenti aucune joie et ne m'avait témoigné ni sympathie ni compréhension. « Bon sang, Greta, comment oses-tu faire ça ? »

À quelque distance, un mouvement au bord du chemin me tire de ma rêverie. Avec un sursaut, je m'arrête. Dans le fossé, une masse sombre se déplie, prenant forme humaine : des bras, des jambes et de longs cheveux raides et ternes. Mais pas d'yeux. La créature n'a pas de face. Je sens la peur me glacer le corps. Je serre instinctivement les poings. Puis la silhouette se retourne et un ovale pâle, presque fantomatique, apparaît sous le rideau de mèches. C'est le visage d'une fille.

11

De loin, je ne lui donne pas plus de dix, douze ans, mais en me rapprochant, je m'aperçois que la fille au bord du chemin en a plutôt seize. Elle est très mince, aussi fluette qu'un enfant. Et toute pâle, alors que nous avons eu un long été exceptionnellement ensoleillé. Elle porte un tee-shirt trop large et un pantalon, tous deux noirs, sans motif ni ornement. Ses cheveux s'étalent sur ses épaules et dans son dos et je ne peux m'empêcher de penser qu'ils auraient pu être beaux s'ils n'avaient pas été teints dans un noir si terne. Elle lance sans arrêt des coups d'œil inquiets en arrière.

Je la fixe en avançant, envoûtée. En dehors de Tirith, elle est le premier être vivant que je rencontre depuis la disparition d'Alex et Smilla. À sa hauteur, je m'apprête à la saluer, quand je découvre plusieurs silhouettes entre les arbres au-delà du fossé. Certaines vont et viennent en scrutant la rive et la surface du lac, comme si elles cherchaient quelque chose. Les autres, en cercle, discutent à voix basses et sinistres. À cet instant, les épais nuages s'écartent et les rayons du soleil se posent sur l'objet tranchant dans la main de l'une d'elles. Il étincelle. Je sursaute.

J'ai dû faire un bruit, hoqueter, peut-être pousser un cri étranglé, car les silhouettes pivotent toutes en même temps. Des visages pâles et anguleux se tournent vers moi, cinq ou six paires d'yeux. À peine ai-je le temps de constater que ce sont des ados qu'ils se mettent en mouvement, dans ma direction, comme s'ils réagissaient à un signal. Une voix intérieure, un instinct primitif, me dit de m'enfuir le plus vite possible. Toutefois, mes jambes soudain lourdes ne m'obéissent plus et mes pieds sont cloués au sol. Les garçons ne se pressent pas. Lentement, mais résolument, ils progressent sur le sentier et m'encerclent. L'un d'eux se place dans mon dos.

Le jeune homme au couteau vient en dernier, affichant une attitude pleine d'assurance. M'ignorant, il s'arrête devant la fille.

— T'étais censée faire le guet.

Ses cheveux, teints dans le même noir que ceux de sa camarade, sont coupés court, avec un motif dessiné au rasoir d'un côté.

— Pardon.

L'adolescente appuie la tempe sur l'épaule du garçon ; le geste semble plus soumis qu'affectueux. Son ami lui passe la main au-dessus de la tête et ce mouvement amène le couteau près de la gorge pâle. Il voulait peut-être lui caresser les cheveux, néanmoins cela évoque autre chose.

En quelques pas, le jeune homme est devant moi. Il est nettement plus vieux que les autres, ses traits sont plus bruts, son visage plus large. Au lieu de poils disséminés autour de la bouche, il a une barbiche noire torsadée sous le menton et maintenue par de petits élastiques blancs. Mais ce qui retient le plus l'attention, ce sont ses yeux. Ils ont vu des choses terribles, me dis-je. Pourtant, il ne doit pas avoir plus d'une vingtaine d'années.

— T'es qui, toi ? Qu'est-ce que tu fous là ?

On devine à son expression qu'il a l'habitude d'être obéi. Mon regard se reporte vers la fille, moins d'un pas derrière lui, les épaules rentrées. Est-ce le ton arrogant du meneur ou l'attitude oppressée de l'adolescente qui me pique au vif ? Prise d'une impulsion, je me redresse.

— Et toi, qui es-tu ?

Sans une hésitation, il lève le couteau devant moi. Surprise, je fais un pas de côté, et je me heurte à un corps osseux, croisant des yeux froids sous des paupières plissées. Je découvre ensuite un menton dressé et une bouche tordue de mépris. Mon regard glisse sur les autres. Joues parsemées de duvet et de boutons rouge vif, tee-shirts au col distendu, jeans usés déchirés aux genoux. « Des enfants, ce ne sont que des enfants désœuvrés dans un endroit où il n'arrive jamais rien. Ils recherchent simplement le frisson. » Mais cette pensée me convainc mal, ne suffit pas à me rassurer.

— Pourquoi t'as les jetons ? C'est juste une petite manucure.

Le jeune homme à la barbichette a baissé son couteau et se passe la pointe sous les ongles. Sa plaisanterie est récompensée par les rires épars des garçons qui me cernent. Il reprend son air sérieux.

— On réessaie. T'es qui et qu'est-ce que tu fous ici ?

Il me regarde dans les yeux. Les siens, brun foncé, n'expriment rien. Comme s'il ne faisait pas face à une personne, mais à une chose inerte.

— Je t'ai posé une question, insiste-t-il.

On me bouscule avec impatience. Le cercle des garçons se resserre sur moi. La voix de maman s'élève soudain dans ma tête, professionnelle. « La déshumanisation précède la violence. » Il est plus facile d'infliger des blessures quand on ne considère pas la victime comme humaine et ne peut pas s'identifier à elle. Adopter cette attitude à mon tour pourrait m'aider à surmonter ma peur.

Je prends une grande inspiration et me lance. Je dis comment je m'appelle, que je suis ici en vacances. Je vais jusqu'à décrire à peu près l'emplacement du cottage familial. Ensuite, je parle d'Alex et Smilla, qui sont venus avec moi et vont s'inquiéter s'ils ne me voient pas rentrer bientôt. J'achève mon récit, la gorge serrée.

Le jeune à la barbichette affiche un air d'ennui profond, il se gratte le creux du coude et jette un coup d'œil à sa montre. M'a-t-il seulement écoutée ?

— C'est pas toi qui as volé un truc à nous, des fois ?

Je ne suis pas certaine d'avoir bien compris. Que suis-je censée avoir volé ? Le front plissé, je secoue la tête. Ma confusion n'est pas feinte, j'espère que c'est visible. L'air soupçonneux, Barbichette s'avance d'un pas.

— T'es sûre ?

Avant que j'aie pu répondre, la fille le rejoint d'une démarche fluide et se dresse sur la pointe des pieds pour lui souffler quelque chose à l'oreille. Il écoute d'un air impatient, puis la repousse. Je vois du coin de l'œil les garçons qui m'entourent se balancer d'un pied sur l'autre en jetant des regards interrogateurs à leur meneur. Plusieurs secondes s'écoulent, pendant lesquelles on n'entend que le chant des oiseaux. J'ai la bouche sèche, je suis tendue comme un arc.

Barbichette se détourne avec un geste d'indifférence quasi imperceptible. Il s'éloigne de quelques pas. Le temps semble se figer. Peu à peu, je sens le cercle de fer autour de moi se desserrer. J'aimerais voir du soulagement dans l'attitude des garçons. Mais peut-être est-ce en fait juste de la déception. De la frustration d'être forcés de relâcher leur proie. Leur chef s'en aperçoit sans doute aussi, car il décide de donner à sa meute une dernière démonstration de force. Mes épaules commencent à peine à se détendre quand il fait volte-face et revient vers moi à grandes enjambées. D'un mouvement vif, il pose la pointe du couteau sous mon menton. Il n'appuie pas fort, mais la lame est tranchante et la terreur me transperce de ses griffes.

— Si j'apprends que t'as menti…

Laissant sa phrase en suspens, il m'envoie une bourrade brutale et un dernier regard éloquent. Puis il enjambe le fossé et redescend vers le rivage sans se retourner. Avec des sourires narquois, ses camarades font des mimiques d'intimidation à mon adresse. Puis ils s'éloignent entre les arbres en riant et en se tapant dans les mains. La fille et moi restons seules sur le chemin de terre. Nos yeux se croisent. Puis je pivote sur mes talons.

Je marche le plus vite possible en m'efforçant de paraître calme et de ne pas regarder en arrière. Quand, enfin, un virage et une bonne distance me séparent des adolescents, je me rends compte que je tremble de tout mon corps. Je m'oblige à faire encore quelques pas, tant que mes jambes me portent, puis je m'écroule au bord du sentier. Je me recroqueville, me fais toute petite, sans quitter des yeux la direction d'où je viens. Pour être prévenue si jamais ils se ravisent. Malheureusement, cela ne fait aucune différence : s'ils décident de me poursuivre, je n'aurai aucun moyen de me défendre.

Penchant la tête entre les genoux, je fixe mes tennis roses. Je repense à la botte noire que j'ai trouvée sur l'île. La fille au bord du fossé en portait une paire identique. Un vague malaise se diffuse dans ma poitrine. Je détale sur le sentier en jetant des coups d'œil fréquents par-dessus mon épaule. Je m'attends à voir les garçons à mes trousses, leurs chemises trop larges et leurs tee-shirts délavés flottant sur leurs corps maigres. Or personne ne me suit. J'accélère tout de même, jusqu'à ce que la gorge me brûle et mes bronches sifflent. Lorsque mon estomac se tord, je m'incline en avant, genoux fléchis, mais toujours rien ne vient. Je ne m'accorde qu'un bref instant de répit avant de repartir à une bonne allure. Je me fiche d'avoir les jambes en compote. Je dois déguerpir d'ici. Tout de suite.

12

Je ne comprends pas d'où elle vient, cette haine qui enfle en moi. Comment mon cœur peut-il accueillir tant de noirceur, moi qui suis née de l'amour, ai été choyée ? Prudemment, elle m'a tenue par la main, m'a montré le chemin. Elle est demeurée à mon côté, m'a tout donné, n'a vécu que pour moi.

Bien des années plus tard, quand j'ai à mon tour participé au miracle de la vie, j'ai suivi son exemple. Dix petits orteils, dix petits doigts. Mon univers avait été chamboulé et j'avais courbé la tête devant cette grâce. J'avais tout sacrifié. Pas parce qu'on m'y forçait, mais parce que je l'avais choisi. Avec bonheur. Avec tendresse.

Je me penche pour rafraîchir son visage avec un linge humide. La sueur perle sur son front et pourtant sa peau est glacée. Mon vœu le plus cher est qu'elle se relève. Qu'elle apaise ma douleur de son amour. Le bout de terre qui m'est accordé n'est pas grand, mais je ne peux même pas y vivre en paix. Là, sous les décombres du passé, ma haine couve. Une voix me parle de très loin. « Sans moi, tu n'es rien. »

Je serre sa main inerte dans la mienne. À présent, c'est à moi de maintenir le contact.

Tout ce qui compte est qu'elle s'en sorte. Si seulement je peux la garder, je me moque du reste. Je fermerai les yeux sur ce que je sais et ma vie reprendra son cours. Je peux oublier, je peux même pardonner.

C'est ce dont j'aimerais me convaincre, mais c'est faux. Quoi qu'il arrive, je ne te pardonnerai jamais. Tu entends ? Jamais.

13

Le chemin de terre bifurque et l'un de ses embranchements me ramène vers le cottage sans me faire croiser une nouvelle fois les adolescents. Quand j'arrive enfin, j'ai mal aux hanches et les jambes en compote. Les empreintes dans le gravier me paraissent moins nettes, comme si on était passé les balayer en mon absence. *La personne qui est venue, la personne qui est partie.*

Je clopine jusqu'à l'escalier et tends une main sous les marches pour attraper la clé. Dans l'entrée, je suis accueillie par mon reflet dans le miroir. Mes yeux écarquillés évoquent deux morceaux de charbon, mon blush est d'un rose criard, mais sous les couches de maquillage, je suis toute pâle. Je revois le couteau qui lance des étincelles et son propriétaire en train de se curer les ongles du bout de la lame tranchante. Je sens encore la pointe contre la peau fine de ma mâchoire.

J'attends dans le vestibule tandis que ma peur reflue lentement. Néanmoins, les visions ne me lâchent pas. Malgré les menaces que j'ai subies, une image en particulier ne se détache pas de ma rétine, tourne en boucle dans mon esprit : la fille aux cheveux longs appuyant la tête sur l'épaule du jeune homme à la barbichette. Avec confiance, docilité. Le meneur qui, enlaçant son amie, amène le couteau près de son cou. Je ne peux m'écarter du miroir, où mon visage semble soudain se fondre dans les traits de l'adolescente. N'avait-elle pas eu un regard étrange ? Une lueur dans les yeux quand ils s'étaient posés furtivement sur les taches qui marbrent ma gorge ? De vulnérabilité, de compréhension. Je revois la fille qui m'observe tandis que je parle. « Mon mari et ma fille m'attendent dans notre cottage. » Avait-elle deviné mon mensonge ? Je me souviens comment, dressée sur la pointe des pieds, elle avait murmuré à l'oreille du jeune homme à la barbichette. Qu'avait-elle bien pu lui dire ?

Je me laisse glisser par terre, le dos contre le mur. Minute après minute, la tension dans mon corps se relâche. Je n'ai pas la force de me relever. J'ai l'impression que je ne parviendrai plus jamais à bouger. Mes membres sont lourds, mous. À l'instant précis où le menton me touche la poitrine, un bruit strident me réveille en sursaut. Mon portable vibre dans la poche de mon pantalon corsaire. Alex me rappelle enfin ! C'est fini maintenant. Dieu merci, c'est terminé. Je pose le téléphone contre mon oreille.

— Greta ?

Maman. Je laisse tomber lourdement ma tête contre la paroi derrière moi.

— Allô ? Greta, tu es là ? Tout va bien ?

Je marmonne une réponse.

— Qu'est-ce que tu as dit ? Je t'entends très mal, Greta. Où es-tu ? Je sais que tu n'es pas chez toi parce que j'ai appelé plusieurs fois sans…

Je ne peux pas rester une minute de plus dans ce cottage. Je dois remonter dans ma voiture et partir d'ici.

Aller au poste de police. « Ou chez toi. Tu pourrais rentrer à la maison. » Quand je réponds, ma voix est un faible râle.

— Je n'ai pas le temps de parler. Il faut que j'y aille.

Mais maman ne se laisse pas envoyer promener.

— Qu'est-ce qui t'arrive à la fin, Greta ? Tu as un comportement bizarre. Ces derniers jours... Je ne sais pas à quoi tu joues, mais je dois dire...

Ce qu'elle a sur le cœur se perd dans le vide. La pensée m'effleure que pour une fois ce sera peut-être au tour de maman d'interrompre notre conversation dans un accès de colère. Peut-être en a-t-elle finalement assez. Au milieu de ces réflexions, je l'entends prendre une inspiration.

— Pas étonnant que Katinka s'inquiète pour toi.

Cette sortie abrupte me prend complètement au dépourvu. Katinka, inquiète pour moi ? Je suis envahie en même temps par une vague de chaleur et une bise glacée. Qu'a dit Katinka ? Que lui voulait maman ?

— J'étais à la galerie commerciale, alors je suis passée à la boutique. C'est là que j'ai appris que tu étais en congé. Eh oui ! je n'avais pas la moindre idée de l'emploi du temps de ma fille.

— Maman, je...

— Voilà comment j'ai fait la connaissance de Katinka. J'ai cru comprendre que vous êtes très proches.

Maman se tait. Je ne perçois plus que son souffle. Espère-t-elle une réponse ? Des explications à propos de Katinka ? Ou bien pense-t-elle à la meilleure amie qu'elle avait autrefois ?

Quand elles se téléphonaient, je me faufilais derrière elle pour épier leurs confidences. Bien sûr, c'était surtout Ruth qui parlait. Maman, assise au bord du lit ou à la table de la cuisine, le dos voûté, se contentait de brefs commentaires.

« Non, il est sorti, comme d'habitude. Dieu sait où il peut bien passer la nuit. »

Puis elle écoutait avec une attention qu'elle ne me prêtait jamais. Parfois, le silence était si grand qu'en retenant ma respiration j'entendais la voix de Ruth, sans toutefois pouvoir distinguer ce qu'elle disait. Maman trouvait en tout cas du réconfort dans ses sagesses, car elle finissait toujours l'appel d'une phrase comme :

« Que ferais-je sans toi, Ruth ? Merci de m'avoir accordé un peu de ton temps, je n'ai personne d'autre vers qui me tourner. »

« J'ai cru comprendre que vous êtes très proches. » Les paroles de maman suggèrent-elles un mauvais pressentiment, une menace ? A-t-elle perdu la foi non seulement en Ruth mais en toute amitié féminine après ce qu'elle a traversé ? Craint-elle que Katinka ne me trahisse comme Ruth l'a trahie ? Elle n'a aucune raison de s'en faire, je le lui dirais si elle se donnait la peine de demander. Contrairement à maman, je sais bien qu'il ne faut pas tout révéler. Si Katinka croit que nous n'avons pas de secrets l'une pour l'autre, cela ne signifie pas que nous sommes proches, du moins pas de la même façon que Ruth et maman.

— Enfin, bref. D'après Katinka, tu n'es pas dans ton état normal, ces derniers temps. Et tu as pris beaucoup de congés maladie et… voilà. Ce sont ses propres mots. Elle s'inquiète pour toi.

Je me masse le front. Je repense à la scène qui s'est jouée dans la forêt. Aux adolescents, au couteau sur ma gorge. *Et toi, t'inquiètes-tu aussi ? Tu devrais.* Mais quand j'ouvre la bouche, ce sont des paroles bien différentes qui m'échappent.

— Je suis enceinte.

Je ne sais pas pourquoi je le lui annonce. Pour la choquer ? Parce que, comme elle le dit, je ne suis plus moi-même ? Pour être franche, cela fait un moment que je ne suis pas dans mon assiette. Katinka a raison. À l'autre bout du fil, maman a le souffle coupé.

— Enceinte ? Oh ! mon Dieu !

Elle semble effrayée. Puis elle se ressaisit et sa voix prend de nouvelles tonalités. Une nuance dure.

— Qui est le père ?

C'en est trop. Je suis à bout de nerfs. Je coupe la communication et me dirige d'une démarche instable vers la chambre à coucher. Après avoir éteint mon téléphone et branché le chargeur, je me laisse tomber de tout mon long en travers du grand lit. L'apathie gagne mon corps, éliminant tous les autres sentiments. Un instant avant que mes paupières s'abaissent, je revois l'expression furieuse de maman. « Bon sang, Greta. Comment oses-tu faire ça ? »

14

C'est un écho de la voix d'Alex qui me réveille. Elle chuchote : « Tu es en plein délire. Tu ne crois quand même pas que c'est la réalité ? Tout ça ne se passe que dans ta tête. » Le drap est humide et fripé sous ma joue et je grelotte. Je sens quelque chose de chaud contre ma jambe et je découvre Tirith pelotonné près de moi. Glissant une main sous son ventre doux, je l'attire contre mon cœur et lui gratte le cou sous son collier rose. Il bâille puis me lance un long regard ensommeillé entre ses paupières plissées. Le chat de Smilla. Peut-être pense-t-il, comme moi, que nous deux sommes mal assortis. Mais dans notre situation, nous ne pouvons pas faire les difficiles.

Sans presque y songer, je caresse ma gorge que je sais marbrée de taches violacées. Mes doigts remontent vers le point sensible sous ma mâchoire où la pointe du couteau me paraît encore se trouver. Je revois les yeux indifférents que le jeune homme à la barbichette a posés sur moi avant de proférer des menaces. Je bats vite des paupières pour chasser cette image et tourne mon attention vers Tirith, flattant sa fourrure noir et blanc jusqu'à ce qu'il s'étire paresseusement. Il émet un miaulement prolongé. « Nous allons devoir nous serrer les coudes », semble-t-il dire. Cela ne me réconforte pas. Au contraire.

Je repousse le chat et m'assieds gauchement, grimaçant à cause d'un accès de brûlures d'estomac. Un symptôme fréquent, selon la femme médecin. Huit semaines, avait-elle dit. Seules deux autres se sont écoulées depuis, mais déjà les transformations physiques sont manifestes. La nausée. Le manque d'appétit. Les douleurs aux hanches. Et la fatigue, cet épuisement qui me submerge complètement. Je pose avec douceur la main sur le renflement croissant de mon ventre et examine à nouveau cette pensée qui me taraude depuis que j'ai appris mon état. Non, ma décision est prise. « Vivre ou ne pas vivre, telle est la question. » Cette fois, la voie est toute tracée. Je veux cet enfant. Malgré tout.

« Qui est le père ? » La question de maman me pique telle une pointe affûtée plantée dans ma conscience peu tranquille. Soudain, je suis tout à fait réveillée. J'allume mon téléphone, qui m'informe que j'ai trois nouveaux messages sur mon répondeur, et mon pouls s'accélère. Je déchante vite. Ils sont tous de maman.

« Pardon, ma chérie. Ça m'a fait un choc et… mais nous allons trouver une solution. Rappelle-moi ! »

« Ou bien préfères-tu que je vienne ? J'ai juste besoin de savoir où tu es. »

« S'il te plaît, Greta, ne me fais pas ça. Je n'en peux plus. »

La voix de maman se brise. Elle pleure ? À cause de moi ? Je réécoute le dernier enregistrement et la porte qui s'était entrouverte claque violemment. Elle n'en peut plus ?

Je lance avec rage le téléphone, qui atterrit par terre et continue sa course sur le parquet. Maman ne pense qu'à elle. Tout comme la fois après papa. Comme toutes les fois.

Je considère le mobile. Je pourrais aussi bien le laisser là. Alex ne donne pas de nouvelles et mes propres tentatives sont restées infructueuses.

Je récupère l'essentiel de mes affaires et mets mon sac en bandoulière. En fin de compte, j'y glisse aussi mon téléphone. Quand je longe le couloir, mon regard est irrésistiblement attiré par le lit de la petite chambre. Malgré moi, je vais m'y asseoir et caresse avec des gestes hésitants la housse de couette au motif de princesse de conte. Smilla adore les princesses. Comme moi à son âge. Nous avons de nombreux points communs. Les yeux secs, j'enfouis le visage dans l'oreiller, humant l'odeur toujours plus ténue du shampoing pour enfants. Je murmure :

— Je n'ai même pas eu le temps de t'annoncer la nouvelle. Tu vas avoir un petit frère ou une petite sœur.

Au fond de mon ventre, je perçois un clapotement inquiet. Le fœtus ? Non, c'est trop tôt. À moins que ? Je suis saisie d'un subit sentiment de honte. Un adulte qui baisse les bras de la sorte. Est-ce la mère que je veux devenir ? Non, je dois me convaincre que tout ira bien. Le passé. Ma décision. Je sors de la chambre de Smilla.

Dans le miroir de l'entrée, je fixe l'image qui vient à ma rencontre. Mon mascara a coulé, mon fard à paupières est à moitié effacé et j'ai les cheveux en bataille. On dirait une folle. Je corrige rapidement mon maquillage, me recoiffe, puis je descends l'escalier extérieur.

Ma voiture démarre à la deuxième tentative. Je n'ai qu'une chose en tête : m'en aller. Plus rien ne me retient à Marhem. D'heure en heure, je m'empêtre inextricablement dans une énigme qui me terrifie de plus en plus. Avec un peu de distance, je pourrai mettre le doigt sur le détail qui m'échappe.

Ma voiture avance sur l'étroit chemin de terre battue bordé de maisons pareilles à celle que je viens de quitter, vides, semble-t-il. Pas un seul véhicule, pas un voisin en vue. Ce quartier de résidences d'été laissées à l'abandon a une atmosphère irréelle. Le sentiment vertigineux d'être prisonnière des limbes me submerge.

Malgré l'absence de vie, j'ai soudain l'impression d'être observée. Je jette un œil au rétroviseur intérieur, craignant d'y découvrir les adolescents aux larges vêtements noirs et usés. Or il n'y a personne. À présent, la jeune fille qui faisait le guet, le meneur avec son couteau et leurs camarades me paraissent bien moins réels. Leurs traits s'estompent, comme s'ils étaient des fantômes. Les ai-je vraiment rencontrés ?

Mes mains se crispent sur le volant et j'appuie sur l'accélérateur. Que m'arrive-t-il ? Suis-je en train de perdre la capacité de distinguer la réalité du rêve ? Je dois à tout prix m'assurer que je ne deviens pas… Non ! Serrant les dents, je poursuis ma progression. Mais que vois-je au loin, au-dessus de la cime des arbres ? Un ruban de fumée se déroule dans le ciel. Cela ne peut signifier qu'une chose.

J'ai atteint la bifurcation. La voie de gauche conduit à la route interurbaine, celle de droite continue entre les maisons et les jardins, vers un autre quartier de Marhem, d'où monte la fumée. Mon pied enfonce l'embrayage, ma main passe une vitesse. Après un coup d'œil à gauche, je tourne à droite.

15

Je roule avec lenteur dans la rue qui serpente vers le centre de Marhem, guidée par le fin ruban de fumée. Là où il prend sa source, il y a des gens. Qui me regarderont dans les yeux et me confirmeront que ce que je vois est bien réel.

Dans ce quartier, les habitations sont plus imposantes, davantage villas que cottages, et plus espacées. Mais ici aussi, les rues sont désertes. J'avance au pas, scrutant tour à tour chaque côté de la route, dans l'espoir de localiser le feu. Un signe de vie. Lorsqu'un bruit inattendu me fait sursauter, je pile et ouvre grand les oreilles. J'entends une série d'échos sourds et distincts. Quand je comprends ce dont il s'agit, je me gare sur le bas-côté. Mon cœur bat fort dans ma poitrine. Des aboiements. Je dois être tout près.

Je poursuis à pied. Sur ma droite apparaît une bâtisse en bois foncé et aux baies vitrées inondées de soleil. Le jardin immense est partiellement occulté par une haute palissade qui entoure le terrain. Je tends le cou en me rapprochant. À la différence de ses voisines, la maison de plusieurs étages est peinte en brun. J'entrevois des plates-bandes luxuriantes et une pelouse bien tondue. Un barbecue à charbon fume sur une véranda au plancher huilé. À première vue sans surveillance.

J'ai beau prêter l'oreille, on ne perçoit plus que le bruissement de la forêt et le chahut de quelques oiseaux au bord de l'eau en contrebas.

Avec un nouvel aboiement, une flèche noire surgit alors au coin de la maison. C'est un gros chien au pelage lustré et à la langue pendante. Il pourchasse un ballon jaune qu'il envoie ensuite rouler d'un coup de patte. Il est si absorbé par son jeu qu'il ne me voit pas hésiter derrière la clôture. Ou il est trop bien dressé pour se soucier des étrangers.

Un mouvement me fait lever la tête. À l'étage, un rideau ondule doucement à la fenêtre entrebâillée. Est-ce qu'on m'observe, derrière le tissu fin ? Je me balance d'un pied sur l'autre, indécise. Je devrais tenter d'établir le contact. Après tout, c'est pour cette raison que je suis là. Mais la perspective de parler avec un inconnu me met soudain mal à l'aise. Et si jamais ça se voyait ?

Je me détourne en hâte pour regagner ma voiture.

— Bonjour, je peux vous aider ?

Je fais volte-face, si surprise que je manque de tomber à la renverse, et découvre un homme d'un âge avancé sur le pas d'un portillon ouvert. Les cheveux sur son crâne sont clairsemés. En dépit de la chaleur, il porte un pantalon repassé avec soin et un pull à manches longues sur une chemise. Son visage est sympathique, mais vigilant. Il tient d'une main ferme son chien par le collier.

— Pardon, je ne voulais pas vous faire peur.

Signe à l'appui, je marmonne que ce n'est pas grave. Pourtant mon cœur ne s'est pas encore calmé et j'ai du mal à trouver mes mots.

— Excusez-moi de m'être approché en catimini. Ces derniers temps, je suis plus prudent que d'habitude. Il n'y a plus beaucoup de monde à la fin de la saison et ces jeunes, on ne sait pas de quoi ils sont capables. Il faut rester sur ses gardes.

Je le fixe en silence. Les adolescents. Je ne suis donc pas en train de devenir… Je secoue la tête. L'homme prend visiblement mon expression pour de la compassion, car il se détend et me sourit. Il a décidé que je suis dans son camp.

— Oui, ce n'est pas drôle du tout, ajoute-t-il. C'est même assez effrayant, certains soirs. Au bord de l'eau, parfois sur l'île. Il faut les éviter, dans la mesure du possible.

Sur l'île ? Je pense à Alex et Smilla. À la botte noire. Je frissonne. L'homme se présente, mais j'oublie aussitôt son nom.

— Vous habitez dans le coin ?

Au prix d'un grand effort, je parviens à acquiescer. Peut-être même à lui adresser un sourire. Accompagnant ma réponse d'un vague geste de la main, j'articule :

— Dans un cottage au-dessus de l'embarcadère.

— Alexander, lance-t-il du tac au tac, me faisant sursauter. Vous n'êtes pas avec Alexander, par hasard ? Ça fait longtemps que nous n'avons pas bavardé, mais je crois l'avoir vu l'autre jour avec sa fille. Du moins je suppose que c'était elle.

— Smilla.

Le nom s'échappe de mes lèvres, ma voix étrangement rauque. Creuse. L'homme ne se rend compte de rien. Il flatte le chien noir, qui a enfoui la truffe dans sa paume.

— Smilla ? Comme c'est joli ! Et vous êtes la femme d'Alexander ? Je crois que nous nous sommes déjà croisés. Très brièvement.

Je baisse les yeux. Est-ce que j'opine du chef ? Il me semble que oui. Cependant, mes pensées vagabondent. Cet homme affirme avoir aperçu Smilla. Avec Alex. « L'autre jour ». Qu'est-ce que ça signifie, au juste. J'ai la chair de poule.

— Quand les avez-vous vus ? Est-ce que vous vous en souvenez ? Smilla et Alex, je veux dire. Et où ?

Il plisse le front. Son regard se trouble.

— Sur la piste de danse à la Saint-Jean, il me semble. Mais comme je vous le disais, c'était il y a plusieurs années. Vous veniez de vous marier, je crois. Oui, c'était le bon temps. Marhem avait encore une association vivante qui organisait différentes festivités.

Je le dévisage un instant, interloquée, et fais une nouvelle tentative.

— Vous dites que vous avez vu Alex et Smilla l'autre jour. Où était-ce ?

L'homme secoue lentement la tête.

— Désolé, répond-il d'un air hésitant. Je ne me rappelle pas bien.

Je me demande pourquoi il me ment, avant de saisir qu'il est tout à fait sincère. Sa mémoire ne doit plus être ce qu'elle était. Si j'ai un rapport instable à la vérité, ça n'implique pas que les gens racontent des histoires à tout bout de champ. Le chien noir s'est dégagé de la poigne de son maître et est venu près de moi. Il flaire rapidement mon odeur, mais s'esquive lorsque j'avance la main pour le gratter derrière les oreilles. Il a arrêté de remuer la queue. Je commence à m'éloigner.

— Eh bien, je vais y aller…

— En colère, lance l'homme. Il avait l'air en colère, Alexander. Ou bien terrifié. Difficile à dire.

Le vent se lève entre les arbres, apportant un parfum de danger.

— Excusez-moi, il faut que…

Sans plus de cérémonie, je me mets à courir. Derrière moi, l'homme me crie de prendre garde à ces jeunes voyous qui ne valent rien de bon. Je ne l'entends guère.

Les gravillons giclent autour de la voiture quand je rebrousse chemin à pleins gaz. Je vois à peine où je vais, je remarque juste les vibrations du véhicule. « En colère. Ou bien terrifié. » Mon estomac se tord, je sens des mouvements inquiets. Mon cœur bat à tout rompre. Ma petite Smilla.

Je ne veux prendre aucun risque. Il n'y a qu'une seule chose à faire. Un seul endroit où aller.

16

Je me suis longtemps raconté à moi-même que mon père avait disparu. Dans notre quartier aux nombreux immeubles, il arrivait de loin en loin que des hommes quittent le domicile familial pour ne plus jamais revenir. Dans notre cas, ça ne s'est pas passé comme ça, mais quelle importance ? Au bout du compte, il n'était plus là.

Sitôt après. Je me souviens que nous nous étions dévisagées, maman et moi. Pendant un temps à la fois court et infini, nous avions partagé une complicité muette. Nous seules savions les circonstances du drame qui venait de se jouer. Je ne m'étais jamais sentie aussi proche d'elle. Et alors, elle m'avait tourné le dos. Je ne comprends pas ce qui s'est passé ensuite. Si ce n'est qu'elle m'a rejetée. J'étais une enfant, mais je n'étais pas idiote. Tout était peut-être de ma faute, pourtant cela me blessait.

Le hurlement des sirènes au pied de l'immeuble, les lumières bleues qui éclairaient par intermittence la façade. Notre porte d'entrée grande ouverte sur le palier, les gens à l'uniforme et à l'expression sombres qui allaient et venaient comme bon leur semblait dans notre appartement. Et au milieu de tout cela, la porte de la chambre de papa et maman restait close. Des pleurs désespérés – et parfois des cris hystériques – me parvenaient de l'intérieur. Par terre dans ma chambre, cramponnée à Mulle, j'attendais en silence. Je n'avais pas d'idée plus constructive. Je savais seulement que si maman ne venait pas me prendre dans ses bras, je risquais moi aussi de disparaître de la surface de la Terre.

Des hommes en uniforme avaient essayé de me parler. Ils étaient de la police, avaient-ils dit. D'abord debout, puis accroupis, ils avaient posé des questions ; j'avais fait mine de ne pas les entendre. Quand ils avaient insisté en répétant mon nom, j'avais commencé à fredonner. Si je prétendais que tout était normal, peut-être pourrais-je effacer la scène horrible qui avait eu lieu. Soudain, le plus vieux des officiers m'avait empoignée par le bras en haussant le ton. Effrayée, je l'avais frappé au visage. Avec un cri, il m'avait arraché Mulle des mains en disant que j'étais trop grande pour ces bêtises. Son collègue, blême, l'avait fermement raccompagné dehors en chuchotant que j'étais « juste une enfant » et « en état de choc ».

Ce dernier était revenu s'asseoir à côté de moi, expliquant d'une voix chaleureuse que les policiers ne voulaient que mon bien, que je pouvais compter sur lui. Ce que je faisais, dans une certaine mesure. En revanche c'était trop tard pour la confiance. Ils m'avaient pris Mulle, et ça, je ne le leur pardonnerais jamais.

17

La commune la plus proche de Marhem se trouve à moins d'un quart d'heure de route. Il n'y a pas grand-chose à voir sur le chemin du centre : une rue piétonne avec un supermarché, quelques petites boutiques, une bibliothèque et un poste de police. Je m'attends à ce qu'il ait des horaires restreints, mais quand j'abaisse la poignée, la porte s'ouvre. A posteriori, j'aurais préféré qu'elle soit verrouillée. Peut-être aurais-je ainsi réussi à me calmer et à éviter le chaos qui allait s'ensuivre.

Je me présente à l'accueil, où est assise une femme aux cheveux bruns attachés en une queue-de-cheval serrée. Elle me tend un formulaire sur lequel j'inscris mon nom et mon numéro de téléphone. Puis tout va de travers. J'essaie de dire ce qui s'est passé, et je me prends à bafouiller des explications on ne peut plus décousues. La policière m'écoute, stylo en l'air, avant de le baisser lentement.

— Le Cauchemar ? s'étonne-t-elle. Je n'ai jamais entendu parler de ce lac.

— C'est comme ça que l'appellent les gens du coin.

— Quel est son vrai nom, alors ?

J'écarte les mains en signe d'ignorance, fuyant le regard de la femme. Lorsqu'elle m'interroge sur l'identité des personnes que je « crois » disparues et sur mon lien avec elles, je suis surprise par la facilité avec laquelle vérité et mensonge se confondent.

— Quelle est, selon vous, la cause de leur… disparition ? L'explication la plus logique ?

Est-ce à cause de la question ou de la façon dont elle m'observe ? Tout à coup, j'ai très froid. Un désagréable goût métallique se diffuse dans ma bouche. Je n'aurais jamais dû venir ici. Je fais un pas en arrière. Un deuxième. Puis encore un. La policière me suit des yeux, mais ne prononce pas un mot. Même quand je pivote sur mes talons et, courant presque, m'enfuis du poste.

Sur la route qui me ramène à Marhem, j'ai le sentiment tenace d'être suivie. Une voiture verte me serre un peu trop. Je jette un regard nerveux dans le rétroviseur. Or le conducteur a baissé le pare-soleil et je ne distingue qu'une silhouette sombre. J'appuie légèrement sur le frein pour lui signifier de garder ses distances, et aussitôt l'autre véhicule me dépasse dans une manœuvre furieuse. Quand il arrive à ma hauteur, je tourne la tête, cependant le soleil étincelle sur la vitre du côté du passager, la rendant opaque. Je ne vois même pas s'il s'agit d'un homme ou d'une femme.

L'habitacle trépide autour de moi, le volant fait des bonds entre mes mains. Que se passe-t-il à la fin ? Je nage en pleine confusion. Je suis au bord des larmes. Et je comprends : ce n'est pas ma voiture, mais mon corps qui est saisi de tremblements incontrôlables.

Je me gare sur le bas-côté. Même si c'est interdit, je m'en moque. Nerveuse, je vois la voiture verte disparaître à pleins gaz dans le virage. À cet instant, une sonnerie étouffée s'élève de mon sac à main sur le siège du passager. Mon téléphone !

Je le sais tout de suite, cet appel est d'une importance vitale.

Je me rue comme une possédée sur le sac, éparpillant le contenu sur l'assise : poudriers, rouge à lèvres, longues pendeloques… Bien que mes mains tremblent encore, je parviens à attraper l'appareil. Je fixe l'écran avec des yeux de démente. Numéro caché. Je presse maladroitement la touche « Décrocher » et colle le mobile contre mon oreille.

— Oui ?

Ma voix n'est qu'un murmure. Quand mon interlocuteur prend la parole, je mets un moment à réaliser à qui j'ai affaire. Ce n'est pas Alex. Ni Smilla. Pas même maman.

— Greta, dit une voix impérieuse, c'est moi qui ai enregistré votre déclaration au poste de police. J'ai… eh bien, j'ai accordé un peu plus d'attention à votre problème. Et j'ai découvert un fait curieux. Savez-vous à quoi je fais allusion ?

Un lourd silence s'installe. Je tends au hasard la main droite vers le siège du passager et serre fort le premier objet rencontré. Je retiens mon souffle.

— J'aurais dû vérifier vos renseignements sur-le-champ, mais… vous êtes partie assez précipitamment. Je viens d'effectuer une recherche dans le registre de population et ce que j'ai trouvé, ou plutôt n'ai pas trouvé… me déconcerte, c'est le moins que l'on puisse dire. Votre aide me serait utile pour clarifier tout ça.

À travers la souffrance assourdissante, je l'entends poser de nouvelles questions à propos d'Alex et de Smilla.

S'agissait-il du vrai prénom ou du diminutif d'Alexander ? Portions-nous le même nom de famille… ?

La policière n'est certes pas antipathique, mais je devine à son ton que je n'ai pas besoin de répondre. Elle sait déjà tout.

— Vos renseignements sont-ils corrects ?

Elle lit tout haut mon nom et mon numéro d'identité, que j'ai écrits sur le formulaire au poste. Avec mon numéro de téléphone portable. Un peu comme si… – je déglutis – comme si au fond je voulais être démasquée. Je prends conscience d'une sensation de brûlure qui pourtant me semble lointaine, étrangère. Une voiture me dépasse à toute vitesse en lançant des coups de Klaxon irrités, mais je la remarque à peine.

— Greta ? Vous êtes là ? Ces renseignements sont-ils exacts ? insiste la policière.

La douleur gagne en netteté, quelque chose me transperce la peau.

— Oui. Je suis là. Tout est correct.

Des élancements me troublent la vue. Je me force à regarder mon poing serré. Du sang s'écoule entre mes doigts. J'ouvre la main sur un pendant d'oreille. La pendeloque est montée sur un crochet prolongé par une pointe acérée. Celle-ci est profondément plantée dans ma paume.

À des lieues de là, la policière répète mon nom. Je réponds par un vague grognement. Elle prend une grande inspiration. Nous nous préparons toutes deux à la suite. Aux mots qui doivent être dits.

— Greta, selon le registre, vous n'avez ni mari ni enfant. Vous n'en avez jamais eu.

18

Autant dire les choses telles qu'elles sont. Je suis différente. Je ne suis pas stable comme la plupart des gens. Mais au moins, je suis lucide. En plusieurs occasions, j'ai eu recours à des psychologues. Le principe est toujours le même : ce n'est que lorsque je suis à deux doigts de m'effondrer que je prends rendez-vous chez un nouveau thérapeute.

Et une fois par semaine, parfois plus, je m'assieds dans un fauteuil où m'ont précédée des centaines d'âmes en peine et où d'autres me succéderont. Le cadre varie peu : un visage vaguement empathique en face de moi, une boîte de mouchoirs entre nous, et nous parlons. Enfin, en général, c'est moi qui suis censée raconter. Donner des explications, approfondir une question. Me disséquer moi-même.

Lors de chaque psychothérapie, j'espère que mon interlocuteur sera un peu plus audacieux que ses confrères. Qu'il ne se contentera pas d'attendre que je fournisse les réponses, mais aura en définitive le courage de me regarder dans les yeux et de dire qu'il a compris. De m'apprendre la vérité. Car je suis incapable de briser moi-même mes chaînes. Or la délivrance ne vient jamais.

Le suivi dure quelques semaines, quelques mois. Puis nous atteignons le point de friction, ou plutôt nous tournons autour.

Le psychologue se penche vers moi depuis son fauteuil et pose patiemment de nouvelles questions : « Et que s'est-il passé ensuite ? » Mais je le maintiens : « Ça m'échappe », et le visage faussement ouvert se crispe. Le thérapeute essaie une autre approche. « Comment pensez-vous que... ? Comment se fait-il que... ? » Toujours des interrogations, jamais de conclusions. Alors, je règle la consultation, déclare que je vais beaucoup mieux et quitte le cabinet sans retour. Ils ne protestent jamais.

Un seul a tenté de me retenir. Physiquement.

C'était il y a des années, bien avant ma rencontre avec Alex. La psychologue était une femme blonde à peine plus âgée que moi. Une sorte de fragilité émanait d'elle, avais-je songé plusieurs fois. Néanmoins, quand je m'étais levée en annonçant que la thérapie était terminée, elle m'avait attrapé le poignet. Doucement, mais avec une fermeté étonnante.

« Si vous partez maintenant, vous n'aurez rien appris sur vous-même et vous serez toujours aussi désarmée quand vous devrez affronter le passé et l'avenir. La prochaine fois que vous serez confrontée à un événement bouleversant, le même schéma se répétera. »

Elle était assise, sereine, dans son fauteuil, vêtue d'une robe. Rien de plus normal, car nous étions en plein été et il faisait chaud dans le cabinet. Pourtant, un détail avait attiré mon attention. J'avais froncé les sourcils.

« Ni gilet ni veste, avais-je lâché. C'est la première fois que vous portez des manches courtes. »

Elle avait secoué la tête, comme pour me signifier qu'elle ne se laisserait pas distraire.

« Vous irez de plus en plus mal. Et vous risquerez l'effondrement. Dans le pire des cas, cet état d'esprit peut avoir des conséquences désastreuses. Pour vous et votre entourage. »

J'aurais parfaitement pu dégager ma main et sortir. Mais je n'avais pas bougé.

« Que voulez-vous dire ? Quelles horreurs pourrais-je bien commettre ?

— Vous avez mis en œuvre très jeune certaines stratégies en temps de crise. Aujourd'hui, vous reproduisez ces stratégies, même si elles sont inefficaces.

— C'est quoi, votre problème, à vous autres psys ? Vous ne pouvez pas parler de façon claire ? »

Elle m'avait renvoyé un regard inexpressif.

« Très bien, je vais être directe. Ce que vous risquez de "commettre" est la répétition de ce que vous avez fait quand, enfant, vous avez subi un choc, lorsque vous avez été frappée par un… drame. »

J'avais senti la chaleur me monter jusqu'aux yeux.

« Les mensonges ?

— Oui. Ou pire. »

Je contemple le liquide rouge qui dégouline sur mon poignet. La douleur irradie dans ma main, et ma paume colle au volant. Je n'ai plus idée des motifs qui m'ont poussée à me précipiter au poste de police. À présent, j'arrive encore moins à penser de manière logique.

J'ai l'impression que mes dernières gouttes de raison s'écoulent avec le sang de ma blessure. Suis-je en train de perdre tout contrôle ? D'assister aux signes avant-coureurs du grand effondrement ? Que dirait la psychologue blonde si elle pouvait me voir en cet instant ?

Retour à Marhem, au cottage. J'ignore comment, mais je réussis à effectuer le trajet sans finir dans le fossé ni percuter une voiture venant en sens inverse. J'accélère et freine, je mets le clignotant et tourne, comme s'il ne s'était rien passé.

Quand je me gare enfin sur la place habituelle, il y a du sang partout sur le volant et le tableau de bord, sur le pourtour des manches de ma tunique et le tissu pâle de mon corsaire. Mais la plaie a déjà commencé à sécher. « Vous n'avez ni mari ni enfant. Vous n'en avez jamais eu. » Je secoue la tête, navrée par ma propre bêtise. J'aurais dû savoir qu'alerter la police ne servirait à rien. Que je devrais éclaircir seule ce mystère.

Je coupe le contact et regarde par la vitre du côté du passager. L'autre nuit, une voiture s'était garée là, près de la mienne. Le moteur était demeuré allumé, accompagnant d'un vrombissement sourd, telle une ligne de basse, la voix choquée que j'avais entendue par la fenêtre entrouverte. Quoique en y réfléchissant il s'agissait plutôt d'un hurlement hystérique, empli de souffrance et de colère. Une sensation de froid m'envahit. Devrais-je m'inquiéter ? L'auteur de ce cri a peut-être noté mon numéro d'immatriculation. Je grimace en remettant mon chargement dans mon fourre-tout. La paume me démange et je manipule les pendeloques avec précaution. *La personne qui est venue, la personne qui est partie*. Je n'ai pas posé de questions à Alex après cette visite nocturne, certaine de mes déductions. Désormais, le doute me ronge. Je ne suis même plus capable de tirer les bonnes conclusions à partir d'indices simples.

Dans l'entrée, je reste plantée sur le tapis vert parsemé de quelques gravillons, sans me déchausser, et j'écoute. Au début, c'est le silence complet. Puis je perçois du bruit dans la salle de séjour : des pas feutrés, prudents. Je sais qui s'approche, et pourtant ce n'est que lorsque Tirith apparaît que je respire. Je m'agenouille en tendant des mains avides vers lui. Sa fourrure est douce sous mes doigts. Je me rends compte, maintenant, à quel point j'ai désiré un contact ces dernières vingt-quatre heures. Ma vie entière.

Je caresse le dos de Tirith et lui gratte les oreilles, provoquant un ronronnement de gratitude. Il me lèche la main et enfouit le museau dans ma paume blessée, à laquelle il porte un intérêt surprenant. À plusieurs reprises, il pose délicatement la truffe sur la plaie. Et comme après mûre réflexion, il entreprend de la nettoyer avec minutie. Je le laisse d'abord faire. Nous sommes dorénavant liés pour l'éternité. Le passé est derrière nous et nous ne savons rien de l'avenir, mais là, nous ne faisons plus qu'un.

Ensuite, il dirige ses minces yeux jaunes vers moi et je retire impulsivement la main avant de me relever avec lenteur. Tirith, quel drôle de nom pour un animal de compagnie ! C'est Alex qui l'a trouvé. Je me souviens de ses explications. « Celui qui surveille. » Sans quitter du regard le félin noir et blanc, j'abaisse à tâtons la poignée de la porte dans mon dos. Tirith et moi nous dévisageons un moment, lui perplexe, moi tendue.

— Allez, dis-je finalement, la voix si éraillée que je dois me racler la gorge. Il est temps d'aller te dégourdir les pattes. Bon vent !

Oubliant vite son étonnement face à ce brusque changement d'attitude, le chat se faufile dehors. Je verrouille derrière lui. Quand je me retourne, mon regard tombe sur les patères basses. Le remords me frappe si fort que j'en ai le souffle coupé.

Les vêtements de petite taille, la veste en jean pour fillette de quatre ans. Je me laisse glisser par terre, accablée par le poids de l'impensable. Dites-moi que c'est faux !

Lorsque je me passe les mains sur les yeux, je comprends aux traces de mascara qui s'y déposent que je pleure. Smilla, pardon !

Mais personne n'est là pour m'absoudre. Je suis submergée par le sentiment de mon hypocrisie. À quoi bon la chercher de la sorte ? Je suis tout de même coupable et la pensée des choses que j'aurais pu faire autrement, dû faire ou n'aurais pas dû me pèse lourd sur le cœur. Si seulement j'avais… peut-être serait-elle encore là…

Je me pince avec force les joues et les bras. Pourquoi suis-je si pessimiste ? Comme si c'était trop tard, comme si Smilla était… Soudain, mes remords sont balayés par une vague de fureur et je frappe la porte de la penderie d'un coup de sac à main en hurlant :

— Espèce de salaud ! Qu'est-ce que tu lui as fait ?

Mais il n'y a que moi pour entendre ces mots. De toute manière, je ne suis pas sûre de savoir à qui ils sont destinés. Du moins je ne suis pas prête à exprimer ma crainte. Je n'ai pas encore sombré assez loin dans les ténèbres.

19

C'est fini. Elle est partie. Assise près d'elle, je lui tenais la main tandis que la vie quittait son corps. Et après… je suis restée là. Je ne voulais pas la laisser seule ici, mais en fin de compte, je n'ai pas eu le choix.

Elle était mon amarre ; à présent, la corde rompue, arrachée à l'étreinte sûre de ses bras, je dérive au gré du vent. Le sol ferme sur lequel reposait ma vie s'est effondré. Les mots qui résonnent dans ma tête sont plus vrais que jamais : « Sans moi, tu n'es rien. »

Dans le néant où je flotte, ballottée par des vagues de désespoir, j'ai tenté à plusieurs reprises de t'imaginer. Dans mes visions, tu es parfois si près que je pourrais te toucher en tendant une main glacée et suintante. Je te sens trembler à ce contact.

Autour de moi bruissent des pas empressés et des voix basses ; j'ai à peine conscience d'eux. Il y a des choses bien plus concrètes. Comme les murs sur le point de s'écrouler. Pourtant, personne ne remarque rien. Tout va se briser en mille morceaux. Sa vie était la première. Puis ce sera la mienne.

J'ouvre la bouche, mais le cri n'a pas encore pris forme. Cependant, je le sens quelque part qui s'approche.

Une chose nouvelle va suivre, une autre voix, un autre moi. Un poing serré. Un hurlement de rage.

Ta vie non plus ne sera plus la même. Toi aussi, tu trembleras sur tes bases. Toi aussi, tu seras détruite.

20

Mon corps mène la danse, et je me contente de le suivre le long de l'étroit sentier qui descend vers le ponton. Pierres et racines, myrtilles et fougères me sont désormais familières. Combien de fois ai-je parcouru ce sentier ? À quand remonte la dernière ?

Au bord du lac, le terrain devient plus marécageux, la mousse plus compacte. N'est-elle pas trop abondante, d'ailleurs ? Elle recouvre tout, roc et écorce, grimpe sur les arbres arrachés. On dirait que, lentement mais sûrement, elle cherche à engloutir le paysage. Même la couleur semble anormale, une nuance de vert presque fluorescente. On la croirait modifiée par ordinateur. Qu'avait murmuré Alex dans mon rêve ? « Tu ne crois quand même pas que c'est la réalité ? Tout ça ne se passe que dans ta tête. »

La nausée revient, insidieuse. Alex. L'écho de sa voix dans ma tête. La brûlure de ses mains sur ma peau. Les souvenirs qui s'accumulent dans un recoin sombre de ma conscience.

Une fois Alex entré dans ma vie, tout s'est précipité. Mes sentiments étaient si ardents que cela avait vite commencé à sentir le roussi. La proximité que nous avions créée avait peu en commun avec celle dont j'avais rêvé pendant mes soirées solitaires. Et il me voyait peut-être, mais ce n'était plus avec l'affection que j'avais cru deviner dans ses yeux la première fois qu'il m'avait reconduite chez moi. Notre relation était presque exclusivement physique. N'ayant pas d'élément de comparaison, je m'appuyais sur ce que j'avais lu ou entendu : tout le monde en passait par là. C'était comme ça, tomber amoureux.

J'avais cependant le sentiment de vouloir plus, sans trop savoir comment exprimer mes désirs, et Alex n'avait pas posé de questions. Montrer ce que lui-même souhaitait lui suffisait. Comme la nuit où je m'étais réveillée parce qu'il me pénétrait. L'esprit soudain parfaitement clair, j'avais lâché un cri de terreur et il m'avait bâillonnée d'une main en plongeant ses yeux dans les miens et en m'écrasant de tout son poids.

« Je te vois, avait-il dit. N'aie pas peur. Je suis là et je te vois. »

Je savais que c'était vrai. Avec le regard d'Alex posé sur moi, je n'étais plus seule. Alors, je m'étais livrée à lui, le laissant tracer le chemin.

Je monte dans le bateau, qui se met à tanguer sous mon poids. Compensant les mouvements d'oscillation, je ferme les yeux pour endiguer la nausée.

C'est l'incident de la fenêtre qui avait marqué d'une pierre noire la transition de la passion aveugle à autre chose. Nous étions dans le salon de mon appartement. Alex venait de me déshabiller. Lui-même avait gardé ses vêtements. Il m'avait alors fait pivoter par les épaules, empoignée par les bras et entraînée à travers la pièce. J'avais d'abord cru que nous allions vers le canapé, avant de saisir qu'il me guidait vers la haute fenêtre étroite, dépourvue de rideau et d'appui. En ce début de soirée, l'appartement et la rue étaient tous deux obscurs. Tout à coup, Alex avait allumé le plafonnier.

Je m'étais figée et, avec un petit gloussement gêné, j'avais protesté faiblement. N'obtenant pas de réponse, j'avais jeté un œil par-dessus mon épaule. À son expression, mon rire s'était étranglé dans ma gorge. J'avais essayé de résister, mais trop tard. Alex était beaucoup plus fort que moi, et mon corps nu s'était vite retrouvé plaqué contre la vitre froide, bien visible depuis les immeubles d'en face et la rue en contrebas. Alex me maintenait par la nuque et les poignets. J'avais la poitrine écrasée et le nez douloureusement tordu. Je ne parvenais pas à comprendre. Que gagnait-il à agir de la sorte ? Si c'était l'un des jeux dont il raffolait, pourquoi m'enfonçait-il les doigts dans le cou avec une telle brutalité ?

Dans mon souvenir, je n'avais pas décidé d'abandonner toute résistance ; mon corps était juste devenu tout flasque. Quand il s'en était aperçu, Alex m'avait poussée sur le canapé et avait enlevé son pantalon. Il ne m'avait pas regardée dans les yeux. Était-ce pour cette raison qu'il n'avait pas remarqué qu'ils s'étaient remplis de larmes bien avant qu'il ait fini ? Je me souviens que mes sanglots l'avaient étonné. Il avait expliqué qu'il trouvait excitant de penser que quelqu'un pouvait me voir et que, belle comme je l'étais, je ne devrais pas avoir honte de mon corps. Il n'avait pas dit qu'il voulait m'humilier. Mais le lendemain, au travail, un livreur m'avait apporté un bouquet de roses rouges monumental. La carte glissée entre les feuilles et les épines disait : « De la part d'un homme qui aime les secrets. Oui, aime. Ne me quitte pas. »

Le lac est calme, sa surface lisse. J'ai idée que je commettrais un sacrilège en brisant le silence par un bruit de moteur, alors je m'empare des rames. Je progresse avec lenteur. On dirait que l'eau résiste à l'intrusion. Les vagues sombres clapotent doucement contre les flancs du bateau. Je me penche en avant pour donner un coup de rames plus puissant, en fournissant un tel effort que la sueur me coule le long du dos. La plaie dans ma paume me brûle, mais je l'ignore. Après le temps passé avec Alex, c'est un jeu d'enfant.

Arrivant enfin aux abords de l'île, je me prépare à accoster au même endroit que les fois précédentes. Combien de fois, au juste ? Les repères se brouillent dans ma tête. J'ai l'impression d'être venue ici il y a longtemps et pourtant… tout me semble récent.

Les embarcations sont la première chose que je vois : deux canots à rames qui oscillent près du rivage, à l'opposé de l'emplacement où j'envisageais d'amarrer le mien. Un instant plus tard, j'aperçois des silhouettes fantomatiques qui surgissent des herbes hautes. Sachant d'emblée de qui il s'agit, je me fige en pleine manœuvre. Le bateau glisse encore sur quelques mètres avant de s'immobiliser sur les eaux enchantées. Je distingue des voix rauques, un rire ou une toux. Et, soudain, un cri perçant.

Mon cœur chavire dans ma poitrine. Je devrais faire demi-tour discrètement. Mais malgré moi, mes bras se remettent en mouvement. Je me rapproche avec prudence de l'île, couchée sur les rames. Mon pouls augmente à chaque poussée. Les mots de l'homme dans la grande maison brune me reviennent à la mémoire. « C'est assez effrayant, certains soirs. Au bord de l'eau, parfois sur l'île. Il faut les éviter, dans la mesure du possible. » Une lueur vacillante m'apprend que les garçons ont allumé un feu. Je repense au camp primitif composé d'une bâche verte et d'un matelas sale. Aux canettes de bière vides, aux mégots de cigarettes et au préservatif usagé. Et à l'écureuil éventré.

Je suis maintenant tout près. Il suffirait qu'un des adolescents redresse la tête pour que je sois découverte. Un nouveau cri s'élève. Plus aigu, plus perçant : un hurlement de douleur. De panique. Il libère en moi un flot d'images violentes qui déferlent pêle-mêle, à la vitesse de l'éclair. Moi, Smilla, la fille aux cheveux longs. Des mains, tour à tour tendres et brutales. Des objets implacablement tranchants et traîtreusement doux. Cherchant à soumettre, à blesser.

— Arrêtez ! Je vous en supplie, arrêtez !

Sans m'en rendre compte, je me suis levée dans le bateau en m'époumonant. Un garçon braille des paroles incompréhensibles, plusieurs autres jaillissent des herbes ou de derrière les buissons. Ils sont bien plus nombreux que ce matin. Peut-être le double. Une silhouette de haute taille se dresse au milieu du groupe, les mains sur les hanches, immobile. Son visage est masqué par l'obscurité, mais je sais que j'ai son entière attention.

— Où est-elle ?

Ma voix est éraillée et porte mal. Le jeune homme au bouc torsadé ne répond pas. Peut-être n'a-t-il pas compris, ou bien il s'en moque. À ma surprise, je sens les larmes dangereusement proches. Je m'efforce de me ressaisir.

— S'il vous plaît, ne lui faites pas de mal !

Le meneur se tourne vers une des silhouettes à son côté. J'entends sa voix grave, suivie d'une salve de rires gutturaux et méprisants. Un bras fend l'air. La seconde suivante, le projectile passe en sifflant près de mon oreille et tombe derrière le bateau avec un plouf. Une pierre. Puis une deuxième. Celle-ci percute l'avant du canot.

Mon regard bondit d'une silhouette à l'autre, à la recherche de la fille. Je sais qu'elle est ici. Je dois la sauver ! Mais bientôt, les cailloux pleuvent sur l'embarcation et je suis forcée de me protéger en levant les bras. Quand des formes se dirigent vers les deux barques, je n'ai plus le choix. Mes mains travaillent vite, le moteur démarre en crépitant. Le bateau décrit un arc de cercle et s'éloigne de l'île, sur les eaux du Cauchemar.

— Fiche-nous la paix ! Sinon tu finiras comme…

Je ne saisis pas la suite, car une pierre aux arêtes vives m'atteint à l'omoplate. Le choc me brûle. J'accélère, le sang me battant aux tempes.

J'ai l'impression qu'il me faut une éternité pour rejoindre le ponton. Une fois le bateau amarré, j'essaie de me mettre debout, mais mes jambes cèdent. Je contemple le projectile sur le plancher. Si je l'avais reçu à la tête… Si c'était leur intention… Je frémis.

Je ferais mieux de rentrer rapidement au cottage, de verrouiller la porte et de me cacher.

Je ne crois pas avoir été suivie, mais si jamais les adolescents débarquent et me trouvent ici… L'inquiétude se perd dans le vide, n'a plus aucune prise sur moi. « Alors ça y est ? lance une petite voix dans mon esprit. C'est fini ? »

Une seconde plus tard, une autre pensée germe à son tour. Dans un geste protecteur, mes mains se posent sur mon ventre, sur la vie qui s'y développe. Il y a deux semaines, tandis que je quittais le centre de santé, les paroles du médecin résonnaient dans ma tête. Je me rappelle avec précision mes réflexions : « Ce n'est pas comme avec Smilla. C'est complètement nouveau. » À ce souvenir, les émotions me submergent. La joie. La culpabilité. La terreur.

Je n'avais rien raconté à Alex avant notre arrivée à Marhem. Au dîner, j'avais refusé le vin avec un regard lourd de sens. Alex m'avait dévisagée un long moment sans sourciller.

« Je vois », avait-il fini par dire en prenant ma main.

Son expression était si tendre que j'avais eu le temps de croire que peut-être, malgré tout…

« Tu as pris rendez-vous ? »

Tout était dans le ton de sa voix : il ne me demandait pas si je m'étais inscrite pour un suivi prénatal. Il voulait que je supprime notre enfant. J'avais baissé la tête et je m'étais dépêchée d'avaler tout rond.

« Je le ferai dès que nous serons rentrés. »

Alex m'avait embrassée. Puis il avait tout bonnement changé de sujet en se resservant à manger. Après le dîner, il m'avait donné ses directives et avait refermé sur nous la porte de la chambre.

Cette nuit-là, j'étais restée longtemps étendue les yeux grands ouverts, le corps fourbu. Plus tard, le vrombissement du moteur et le hurlement s'étaient élevés à l'extérieur du cottage. J'avais entendu Alex porter Smilla dans la chambre adjacente à la nôtre. Quoique parfaitement réveillée, je n'étais pas allée les rejoindre, et quand Alex était revenu se coucher, j'avais fait semblant de dormir. Cependant, ma décision était prise. Limpide.

Je caresse doucement ma gorge. Puis je me plie en deux, le visage dans les mains. Au bout d'un moment, mes doigts s'écartent et mon regard est attiré vers le rebord du bateau. Je plonge les yeux dans l'eau qui clapote contre la coque ; le Cauchemar est insondable malgré la proximité du rivage. J'ai la sensation d'être aspirée dans un trou noir. Un tourbillon, un tunnel. Je m'y enfonce, jusqu'au cercle de lumière qui apparaît au bout. Là, au milieu de l'ouverture, se dessine un visage masculin. Alex ! J'en ai le souffle coupé.

Je me penche vers l'image. Tout à coup, je comprends que je ne vois pas un passage, mais un puits. Et c'est moi, au fond, qui lève la tête vers Alex. Je remarque alors une ombre qui se faufile derrière lui. Une silhouette dont les gestes furtifs se changent bientôt en une violente poussée. Deux paumes appuient sur les omoplates d'Alex, qui bascule par-dessus la margelle sans pouvoir croiser le regard de son meurtrier. Il tombe pour l'éternité, dans les profondeurs du puits.

Et moi ? J'occupe à présent l'endroit où se tenait Alex un instant plus tôt. Je m'incline en avant et scrute les ténèbres en plissant les paupières. J'inspecte ensuite mes mains, retirant un fil du pull d'Alex coincé dans un pli de ma peau. Je ressens une légère démangeaison dans les paumes, sous l'effet de la violente poussée qu'elles ont exercée.

Mon corps est lourd et instable quand je fuis la barque, la faisant tanguer dangereusement. J'avance sur le ponton, les yeux rivés sur la terre ferme, sans les autoriser à glisser vers l'onde faussement inoffensive. Je ne veux pas risquer de me perdre encore une fois dans les flots hypnotiques du Cauchemar. Je ne supporterais pas de nouvelles visions.

Je parcours en trébuchant le sentier du cottage, gagnée par de mauvais pressentiments. Quelle était cette scène que mon esprit venait de me montrer ? Mes mains qui se tendent, Alex tombant dans un puits ? Ce n'étaient que des images suggérées par mon inconscient, mais elles semblaient aussi réelles que des souvenirs refoulés. Je repense au soir où j'avais fixé les profondeurs du lac pendant qu'Alex et Smilla jouaient sur l'île. À la sensation d'avoir perdu la notion du temps. Combien de minutes s'étaient écoulées pendant cette absence ? S'agissait-il d'ailleurs seulement de minutes ? Que s'était-il passé dans l'intervalle ?

Je n'avais pas réfléchi plus tôt à cette question qui maintenant me glace. Entrevoyant le cottage au bout du chemin, je me mets à courir à toutes jambes malgré les protestations de mon corps éreinté. Je cours pour m'empêcher de penser qu'à peine redescendue de mon nuage j'avais su qu'Alex et Smilla n'étaient plus là. Sans avoir besoin de les chercher d'abord.

Quand j'atteins la porte, j'ai le goût du sang dans la bouche. Comment avais-je pu savoir ?

21

Je m'éveille d'un rêve à propos d'un buisson. Une jambe dépasse de dessous les feuilles. Pâle, froide, elle appartient à une fillette de quatre ans. C'est une jambe que la vie a quittée, qui ne gambadera plus jamais. Je tends la main vers la table de chevet et attrape une tasse dans laquelle je vomis. Il ne vient qu'un peu de salive et de bile.

J'ai pleuré dans mon sommeil. Je me laisse retomber sur l'oreiller. Cette fois, je ne prends pas la peine de tâter l'autre place, je sais qu'elle est vide. Le radio-réveil luit faiblement à la tête du lit. C'est l'heure la plus noire de la nuit. Où que je regarde, l'obscurité règne.

Je m'essuie les joues sur un coin de la couverture. Lorsque je passe la langue sur mes dents, je sens un goût acide. Je demeure étendue à contempler le plafond, me complaisant dans le dégoût et le malaise. Alors, d'autres sentiments se succèdent, un par un. L'un d'eux persiste plus longtemps que les autres. Je suis terriblement seule. À nouveau. Comment en suis-je arrivée là ?

Ma main repousse le tissu de ma nuisette et se pose sur mon ventre. Un grondement me fait sursauter. Mais ce ne sont pas des mouvements fœtaux, c'est juste la faim. Je ne me souviens pas à quand remonte mon dernier repas, encore moins de la dernière fois où j'ai eu de l'appétit.

J'allume la lampe de chevet. Une fois mes yeux accoutumés à la lumière vive, je repère des taches noires sur la housse de couette. Suis-je allée me coucher sans me démaquiller ? J'effleure le bout de mes cils. Une sensation poisseuse confirme mon soupçon. Qu'ai-je bien pu faire hier soir si je n'ai ni mangé ni pris de douche ?

Je fronce les sourcils ; la dernière chose qui me revient à la mémoire est mon excursion vers l'île. Ensuite, plus rien.

Je m'assieds avec peine dans le lit, et tout de suite des brûlures d'estomac m'assaillent. « Vous êtes dans votre neuvième semaine. Vous ne vous doutiez vraiment de rien ? » Non, vraiment. C'est cette fatigue à n'en plus finir, peu importe combien de temps je dormais, qui m'avait poussée à consulter un médecin. « Eh bien, tout s'explique », avait dit la doctoresse d'un ton affable. J'étais repartie sans raconter. Sans lui montrer les marques sur mes cuisses.

Je me lève avec précaution, une main sur les reins. Je devrais essayer de me rendormir, cependant je redoute un autre mauvais rêve. Je me rends dans la cuisine pour boire un verre d'eau, puis dans la salle de bains pour uriner et me rafraîchir la figure. Quand je redresse la tête, j'ai un mouvement de recul devant le visage de ma mère. Je remarque alors les ombres qui marbrent ma gorge et, les caressant des doigts, je me détourne de mon reflet. Jusqu'où va notre ressemblance, à maman et moi ? Aurait-elle pu se retrouver dans cette situation ? Comment aurait-elle réagi ?

Je me laisse tomber sur le siège des toilettes. Maman… Elle a appelé plusieurs fois, mais, reconnaissant le numéro, je n'ai pas répondu. Que pourrions-nous bien nous dire ? Rien. Peut-être est-elle aussi de cet avis, car elle n'a pas laissé d'autre message. En dehors d'elle, personne n'a tenté de me joindre ces derniers jours. Je me pelotonne, les bras serrés contre ma poitrine. Seule, tellement seule. Mais ensuite, je me force à relever le menton. Je suis en congé. On ne veut sans doute pas me déranger.

Je n'ai d'ailleurs donné de nouvelles à personne. À l'exception d'Alex. Bien que cela me déplaise, j'entreprends parfois de le contacter. Non que je m'attende à ce qu'il réponde. J'ai fini par me faire à l'idée que son téléphone se trouve quelque part où nul ne peut l'entendre sonner.

Toutes lumières éteintes, je ressors de la salle de bains à pas feutrés. Comme un cambrioleur. Une intruse. On dirait presque que le cottage le sent, que le couloir se resserre sur moi. Anxieux ou menaçant. Plongé dans la nuit, le séjour me paraît différent : des formes sont tapies le long des murs, recroquevillées dans les recoins. J'actionne vivement l'interrupteur. Aussitôt, les ombres inquiétantes font place au décor habituel : le canapé usé, la table basse et les fauteuils dépareillés.

Dans les grandes fenêtres qui donnent sur la véranda et le jardin, je découvre une image inversée de la pièce. Tel un univers parallèle sur fond de ténèbres. Je distingue le plafonnier et les meubles qui ont fait leur temps, et même les tableaux aux motifs abstraits. Et au milieu, mon propre reflet : une silhouette floue, en nuisette blanche, avec deux taches foncées et inquiètes à l'emplacement des yeux. Puis je la vois, elle.

Les formes du corps sont féminines, mais elle est plus menue que moi, plus osseuse. Tandis que je me tiens sous la lumière, elle reste dissimulée dans l'obscurité. Je la fixe en songeant que je sais qui elle est : mon alter ego encore jeune et innocent. La fille qui a affronté la disparition de papa, la femme que j'étais avant Alex. Pendant un bref instant, j'ai l'impression que mon reflet est réel, étrangement réconfortant.

Alors, mon esprit se réveille. « Regarde autour de toi ! » J'obtempère. Les meubles, les tableaux, la pièce entière, tout est illuminé. Moi aussi. D'elle, on ne discerne qu'une silhouette sombre. Elle n'est pas dans le salon, mais sur la véranda. Et elle m'observe.

22

J'étais la spectatrice éternelle. Celle qui écoutait en cachette maman pleurer ses malheurs à Ruth et épiait ses querelles avec papa. Ce fameux soir, j'étais enfin devenue actrice. Au lieu de regagner à pas de loup ma chambre, j'avais fait irruption dans celle de mes parents, poussée par une force que je n'avais encore jamais ressentie.

« Je sais parfaitement ce que tu as fait à Greta. Comment as-tu osé frapper ta propre fille ? »

Cette accusation avait fait ressurgir la scène que j'essayais si fort de refouler. J'avais dû promettre de ne pas en parler, or voilà qu'elle se changeait en arme dans une dispute conjugale. Abandonnant Mulle par terre, j'étais revenue en arrière. La querelle avait repris de plus belle, mais ne portait plus du tout sur la gifle que j'avais reçue, moi, la fille qu'ils avaient eue ensemble.

Mes parents avaient si vite relégué aux oubliettes le choc, la douleur, l'humiliation que j'avais éprouvés, les réduisant à un argument dans une altercation, à quelques secondes de leur temps. Dans le couloir, l'émotion m'avait submergée. J'étais... oui, il n'y a pas d'autre terme : furieuse.

Ils avaient mis un moment à déceler ma présence. Ou plutôt, quand ils l'avaient fait, c'était déjà trop tard. Papa était trop occupé à reprocher ses défauts à maman qui, elle, était tournée vers lui. J'avais vu l'expression résolue de celle-ci se décomposer peu à peu, jusqu'à ne laisser qu'une bouche bée et deux yeux remplis de désespoir. Mais papa avait encore du venin à cracher.

Alors, sous mon regard, une métamorphose avait eu lieu. Mon père qui me rapportait des cadeaux, jouait avec moi, répétait que j'étais mignonne et faisait le pitre en préparant mon petit déjeuner, ce papa était là, quelque part. Pourtant je ne le distinguais plus sous la couche de mépris, de mensonge et de perfidie.

L'homme assis sur le rebord de la fenêtre était un individu cruel, qui tourmentait maman. Soudain, le souvenir de la gifle avait éveillé dans ma poitrine un sentiment tout autre.

J'avais fait un pas en avant, me joignant à mes parents dans un seul mouvement violent. Qui avait pris l'initiative ? Qui avait fait quoi ? Cela m'échappe.

Ensuite, j'avais attendu dans ma chambre, sonnée par le choc et la honte. Les ambulanciers étaient venus. Les policiers étaient venus. Après leur départ, le silence était retombé. Je les avais entendus proposer à maman de téléphoner à un proche. Toutefois je n'avais pas eu besoin de guetter la réponse. Il n'y avait personne à appeler. Les gens en uniforme nous avaient laissées seules. À présent que maman ne hurlait et ne pleurait plus, ils avaient sûrement cru qu'elle s'occuperait de moi. Mais elle avait longtemps gardé le lit. Je m'étais retrouvée livrée à moi-même.

Les choses n'avaient bougé qu'après la visite de Ruth. Les ténèbres avaient duré une éternité. Après, la lumière était revenue momentanément. Ruth se tenait dans l'entrée. Elle m'avait adressé quelques mots – je ne sais plus lesquels – puis s'était approchée de la chambre qui n'était désormais plus que celle de maman. Ses épaules s'étaient redressées, elle avait pris une grande inspiration puis avait frappé à la porte. Je n'avais aucun moyen d'entendre ce qu'elles se disaient. Au bout d'un moment, Ruth était ressortie, blanche comme un linge, et s'était précipitée vers la sortie en me lançant un regard empli de terreur. Je ne l'avais plus jamais revue.

Peu après, j'avais découvert maman appuyée au chambranle de ma porte. Incrédule, j'avais cligné des paupières. Enfin, elle m'était revenue ! Le dos raide, elle s'était avancée et m'avait prise dans ses bras. J'avais fermé les yeux, pleine d'attente. Nous allions discuter. À propos de culpabilité et de remords, de responsabilité et de réconciliation. De justice. Et de châtiment. J'en tremblais d'avance, je pleurais déjà. Je savais aussi qu'il n'y avait pas d'autre voie.

« Voilà, c'est fini, avait soufflé maman. Nous allons tourner la page, toi et moi. Nous serrer les coudes. Tu peux compter sur moi. »

J'avais attendu la suite, en vain. Étonnée, j'avais levé la tête. Maman m'avait rendu mon regard, le visage grave, et j'avais compris que c'était tout ce qu'elle avait l'intention de dire et qu'elle n'espérait pas de réponse de ma part. La scène – le drame – qui avait eu lieu resterait notre secret. Le mot de pardon ne serait pas prononcé, ni maintenant ni jamais. En silence, maman avait tendu la main.

Agitée par des sentiments contradictoires, j'avais fixé la paume orientée vers le haut. J'étais à la fois clouée au sol et libre comme l'air. C'était un fardeau.

Un soulagement. Du haut de mes huit ans, j'étais bien trop jeune pour faire un choix. Et pourtant, j'avais dû prendre une décision. J'avais posé la main dans celle de maman. Dorénavant, nous étions seules toutes les deux. Comme l'avait dit maman, nous allions nous serrer les coudes. À n'importe quel prix.

23

Le soleil se cache derrière un fin voile de nuages. Une légère brume s'est posée sur Marhem. J'ouvre en grand la porte vitrée de la véranda et inspecte les alentours avant de m'aventurer dans le jardin. L'herbe est mouillée, il a dû pleuvoir pendant la nuit. Inutile d'espérer trouver des traces, mais j'en cherche tout de même. Mastiquant un biscuit pour tromper ma nausée, je me déplace sur le terrain, scrutant la pelouse. Ce faisant, j'ai l'impression de m'observer de l'extérieur, étonnée de réussir à me comporter de manière si calme en dépit des événements des derniers jours.

Une partie de moi est convaincue que mon cerveau surchauffé a sans doute mal interprété les informations que lui ont transmises mes yeux. Que la créature que j'ai vue par la fenêtre devait être un chevreuil ou même l'ombre d'un arbre. Mais une autre part de moi sait exactement ce que j'ai vu. Qui j'ai vu. Paradoxalement, cela me rassure au lieu de m'inquiéter.

J'applique une couche de fond de teint, me repoudre la gorge et avale un bol de fromage blanc. Le pot est vide. J'attrape un morceau de papier et commence à rédiger une liste de courses. Lait, fruits, pain… Soudain, je lâche mon stylo et considère la feuille barrée de ces mots ordinaires. Si je prévois d'acheter de la nourriture, cela signifie que j'ai l'intention de demeurer ici. À ma surprise, cette perspective ne me dérange pas. Je pense juste : « Ah bon ! Très bien, dans ce cas. » Je sens quelque chose remuer en moi, en train de naître. La peau me démange comme si j'étais sur le point de muer pour redevenir celle que je suis en réalité, bien que j'aie essayé d'étouffer ma personnalité.

J'avise les poupées de Smilla, éparpillées dans la cuisine. Je remarque distraitement qu'une des Barbie blondes est étendue en travers du visage de Ken, lui obstruant le nez et la bouche. Il a les bras tendus, comme s'il les agitait avec vigueur pour se dégager. Mais Barbie le tient en son pouvoir. Fermant les yeux, j'inspire profondément et les forces me reviennent. J'ai pris une décision difficile, mais la meilleure, la seule envisageable. Je repense à Smilla, et la culpabilité m'envahit d'un coup. Je ne m'en débarrasserai pas sans mal. Je me ressaisis et me lève avec un dernier regard sur les poupées. Tu dois renoncer à Smilla, tu le sais au fond de ton cœur !

Je regagne à pas lents le séjour et m'approche de la fenêtre, si près que le bout de mon nez frôle la vitre. Je contemple l'endroit où la silhouette sombre se tenait cette nuit, si longtemps et intensément que ma vue se trouble. Et comme face au miroir de l'entrée, un autre visage se superpose au mien. Ses yeux et les miens se croisent, chacune plonge le regard dans les ténèbres de l'autre. Nos ténèbres. Elle est moi, je suis elle. Peut-être n'est-il pas trop tard pour agir.

Avant de quitter le cottage, je verse des croquettes dans le bol du chat. Je suspends mon geste. Où est

Tirith ? Il n'a pas dormi près de moi cette nuit. Ce matin, je n'ai pas été saluée par le miaulement amical auquel je me suis habituée. Je vérifie dans le séjour. Aucune boule de fourrure duveteuse sur le canapé. C'est alors que je me souviens. Je l'ai fait sortir. C'était quand, déjà ? Je plisse le front. Hier ? Je ne me rappelle pas le moment exact de la journée. Plus je m'efforce de les démêler, plus les heures s'amalgament.

Dehors, le gravier ne garde plus aucune trace de la visite nocturne. Une mince pellicule d'eau recouvre le pare-brise de ma voiture, sur lequel je crois deviner un dessin esquissé du bout du doigt. Un dessin ou un message ? Je voudrais pouvoir me rendre à destination en voiture, mais c'est impossible. Le chemin forestier qui entoure le lac est par endroits trop étroit et accidenté. D'un autre côté, hors de question d'y aller à pied avec les élancements douloureux que je ressens dans le bas du dos et les hanches.

Sur le terrain où se dresse le cottage, il y a un cabanon délabré. Derrière, je découvre un bric-à-brac qu'Alex a entassé, avec l'intention probable de s'en débarrasser quand l'occasion se présenterait. Un arrosoir rouillé, une piscine gonflable décolorée par le soleil, une rame esseulée. Et un vieux vélo, appuyé contre l'abri. Je pince les pneus et, les jugeant assez gonflés, je le pousse jusqu'au chemin de terre et monte en selle. Je passe devant les mêmes maisons vides et meubles de jardin abandonnés qu'hier. Le vélo grince. Plus je me rapproche de mon but, plus mon cœur bat fort. Et pas seulement à cause de l'effort physique.

À quoi je m'attendais, je l'ignore. Toujours est-il que lorsque j'arrive sur les lieux de ma rencontre avec les adolescents, le coin est désert. Et maintenant, que faire ?

Tous mes sens en alerte, je n'entends que le grondement distant du trafic abondant. De l'autre côté du bois, la route interurbaine retourne vers la ville. Difficile à croire quand on voit cet endroit, si loin de tout ce qui s'apparente à la civilisation.

J'abandonne le vélo contre un arbre et franchis avec prudence le fossé où la fille faisait le guet hier. J'ai beau regarder où je mets les pieds, mes tennis roses sont bientôt détrempés. Je n'ai toujours pas étrenné mes sandales et je porte un vieux tee-shirt délavé. Lentement, Marhem me dépouille de mon armure. Le rituel quotidien de l'application de mascara, poudre et blush est la dernière chose à laquelle je me raccroche, dans un effort désespéré pour ne pas perdre tout à fait pied.

Je me tiens sur la rive, à l'endroit précis où les adolescents étaient rassemblés avant qu'ils me surprennent et m'encerclent. Je frémis à ce souvenir, que je repousse aussitôt. Deux barques sont amarrées un peu plus loin. S'agit-il de celles que j'ai vues hier aux abords de l'île ? Selon toute vraisemblance. Je pose la main sur l'hématome qui m'élance à l'épaule. Un mouvement subit à la périphérie de mon champ de vision me fait sursauter. J'entrevois une ombre entre les arbres ; quand je cligne des yeux, elle a disparu.

Ma poitrine se serre peu à peu, un poids m'étouffe. Je n'aurais jamais dû venir ici. Pourtant, je reste, j'avance. Tout près des barques. L'une est en bois, l'autre, plus moderne, en plastique ou en fibre de verre. Sans doute blanche autrefois, la coque gris sale porte des bandes bleu marine tout éraflées. Saisie d'une impulsion, je jette un coup d'œil par-dessus le bord. Le plancher est recouvert d'une petite mare. Probablement le résultat de la pluie de cette nuit. Cependant l'eau est striée de rouge. Sous le banc de nage à l'arrière de la barque, il y a une masse visqueuse, rouge foncé et coagulée. De la taille d'un fœtus avorté.

Dans un mouvement de recul, je me heurte à un arbre. Non, il y a quelqu'un derrière moi. Je fais volte-face et nous nous retrouvons nez à nez.

— J'étais sûre que tu reviendrais, dit la fille. Mais il ne faut surtout pas que tu recommences.

24

J'éprouve un soulagement immédiat, comme en découvrant la silhouette sombre dans le jardin du cottage. *Tu es vivante. Ce n'est pas toi qui criais de douleur hier.* Mais ensuite, mon cœur fait un bond et je recule d'un pas mal assuré. Mon regard va de ses poings serrés aux arbres qui nous entourent. La fille devine mes pensées.

— Je suis toute seule. Mais n'espère pas avoir de la chance à chaque fois. Si tu as deux sous de jugeote, laisse-nous tranquilles !

Elle a beau me menacer, je décèle dans sa voix une nuance inquiète. Ses mains se sont desserrées. Mon pouls se calme un peu. J'étais venue avec une idée en tête. Pour cela, je dois d'abord gagner sa confiance, lui montrer que je la prends au sérieux.

— Que veux-tu dire ? Que pourrait-il bien m'arriver ?

Elle pousse une exclamation de dédain.

— Il faut pas emmerder Jorma. T'as dû le piger, non ?

Écartant les cheveux de ma figure, je l'examine de plus près. Quel âge peut-elle bien avoir ? Sous la chemise d'homme foncée, pas le moindre renflement sur son torse élancé. Pas très étonnant, étant donné sa maigreur.

— Jorma ? C'est le nom de ton petit copain ?

Les joues de la fille se colorent d'une teinte rouge inégale.

— Ce n'est pas mon… Nous ne sommes pas vraiment…

Je me surprends à me demander s'ils couchent ensemble. Puis je hoche la tête devant la naïveté de cette réflexion. Bien sûr que oui. Je me raidis lorsqu'un craquement retentit soudain entre les arbres. Jorma ne se précipite pas vers nous, néanmoins je déglutis, pressentant que ce n'est qu'une question de temps. Je dois me dépêcher de dire à la fille ce que j'étais venue lui dire.

— Tu n'es pas obligée de subir ça.

Désarçonnée, elle cligne des yeux et ouvre la bouche.

— Que… de quoi tu parles ?

Elle feint l'ignorance, mais je lis la vérité dans son regard qui glisse vers ma gorge, qu'elle ne peut s'empêcher de fixer. Je fais un pas vers elle. Je dois prendre sur moi pour ne pas la secouer par les épaules.

— Comment t'appelles-tu ?

— Greta.

Alors comme ça, nous partageons même notre prénom ? Je me ressaisis.

— Écoute-moi bien, Greta. S'il te fait du mal… Ne le laisse pas s'en tirer à bon compte. Tu dois riposter, te libérer.

Un nerf tressaille sur sa tempe.

— Je ne suis pas…, commence-t-elle.

Mais je n'ai pas le temps pour des faux-fuyants.

— Tu peux raconter ce que tu veux, je sens que tu cherches une issue. De l'aide. C'est pour ça que tu es venue chez moi cette nuit. Parce que tu as compris que je suis comme toi.

Je m'aperçois immédiatement de ma gaffe.

— Ce n'est pas du tout ça ! crache-t-elle.

Je suis allée trop loin. Le lien ténu que j'étais en train de tisser entre nous se rompt. Pourtant je n'arrive pas à m'arrêter. Je suis encore obnubilée par la pensée de nos points communs, par la conviction qu'elle a besoin de moi.

— Je suis de ton côté ! Ne vois-tu pas ? Toi et moi, nous avons beaucoup…

— Pour qui tu te prends ? On n'est pas du même côté !

Elle pousse un cri si aigu que je m'interromps et recule de quelques pas. Son visage semble se tordre en une grimace de souffrance et de honte, mais l'instant d'après elle arbore un masque froid et distant. Elle regarde un point derrière moi, tendant l'index d'un air surexcité.

— Jorma a compris que c'était toi !

Lorsque je tourne la tête vers le bateau qu'elle désigne, mes yeux tombent sur la masse informe et le sang sur son plancher. Le froid m'envahit.

— Comment ça, moi ?

— On sait que t'as accosté sur l'île. En temps normal, on est les seuls à y aller. Alors c'est forcément toi.

Ma vue se brouille. Je garde le silence. Que pourrais-je bien lui répondre ? Je sens mon assurance et mes forces m'abandonner. La fille pose les mains sur les hanches.

— T'étais toute seule ? Quand t'es allée sur l'île, je veux dire. Ou vous étiez plusieurs ?

À présent, sa voix est impérieuse. On se croirait presque en plein tribunal. Sauf que ma plaidoirie n'aura aucune importance. Ma gorge se serre. Je fais un autre pas en arrière.

— Non… enfin, oui. Oui. Avec moi, il y avait mon mari et ma… ma…

Impossible de finir ma phrase. Un vertige s'empare de moi, le sol tangue sous mes pieds. Les mensonges s'entremêlent, menaçant de me faire chavirer. Je mens depuis mon arrivée à Marhem. À l'adolescente et sa bande, à l'homme dans la maison brune, à la police. Pourquoi, cela me dépasse. Mais peu importent mes raisons. Le fait est que ça ne peut plus durer. Alex n'est pas mon mari. Smilla n'est pas ma fille.

— Nous étions trois. Les deux autres…

Non, plus de mensonges, pas avec elle. Comme je me tais, l'adolescente finit par s'impatienter.

— Quoi ? Qu'est-ce qu'ils ont, les deux autres ?

Comment lui expliquer ? « Ils ne sont jamais revenus. » Pas à pas, je continue à reculer, m'éloignant de l'eau, en direction de mon vélo. Cependant mon jeune homonyme me suit. Elle m'envoie une bourrade dans la poitrine.

— Allez ! Avoue à la fin ! Te défile pas ! Je sais ce que t'as fait, on est tous au courant !

Là, je pivote sur mes talons. Et je cours le plus vite possible. Je louvoie entre les arbres et patauge dans le fossé. Une fois sur le sentier, je grimace sous l'effet de la souffrance et de la nausée, mais je ne m'autorise pas de répit. J'enfourche précipitamment le vélo. L'adolescente ne tente pas un geste pour me retenir. Tandis que je fuis en pédalant à toute vitesse, je l'entends crier :

— Jorma va te le faire payer !

À ces mots, un déclic se produit en moi. Un élément capital a franchi la brume qui entoure mon esprit. Une intuition. « Vengeance », assène une voix dans ma tête. Il veut se venger. Me punir. Mais ce n'est plus à Jorma que je pense.

25

Alex n'a jamais essayé de me cacher qu'il était marié et père de famille. Il m'en avait informée dès les débuts de notre relation. Cela ne m'avait pas gênée ni découragée. Loin de là. Autant je rechignais à laisser quiconque m'approcher, autant renoncer à Alex était devenu impensable une fois qu'il avait pris ses marques dans ma vie.

Avant même d'y songer, j'avais parlé de lui à maman et à Katinka. Maman me demandait souvent, pleine d'espoir, si je voyais quelqu'un de spécial. Pourtant, elle n'avait pas été heureuse d'apprendre l'existence d'Alex. Avais-je par mégarde évoqué sa femme ? Maman avait-elle eu des soupçons ? Je ne sais plus, je ne me souviens que de sa réaction.

« Bon sang, Greta, comment oses-tu faire ça ? »

Je savais ce qu'elle pensait : je suivais l'exemple plus que douteux de mon père. Mais je ne me sentais pas responsable de l'infidélité d'Alex envers la femme sans visage qui attendait le retour de son mari. Pour dire la vérité, elle m'était complètement indifférente. Tout comme la réprobation de ma mère.

Katinka, quoique sceptique, avait affirmé se réjouir pour moi si j'étais heureuse. « Le suis-je ? » m'étais-je demandé environ un mois après le début de ma relation avec Alex. J'avais tourné la tête vers mon amant, étendu près de moi.

« On ne devrait pas bavarder un peu ? Apprendre à se connaître ? Ce n'est pas ce qu'on fait normalement ? »

Il m'avait lancé un sourire en coin et dit :

« Si tu veux. Raconte-moi quelque chose. Un truc très embarrassant. »

Ma gorge s'était serrée. Un truc embarrassant ? Papa. Ce non-dit, la vérité que personne n'avait réussi à m'arracher. La raison pour laquelle j'avais maintenu toute ma vie mes distances avec les autres. Or voilà qu'un homme affirmait voir celle que j'étais en réalité. Soudain, je m'étais entendue relater cette fameuse soirée à Alex. La fenêtre ouverte, papa qui était tombé pour l'éternité. Toutefois, retenue par un instinct, j'avais gardé pour moi le principal. Mais j'en avais dit assez.

« Tu es un peu fofolle, pas vrai ? Tu n'es pas toute nette. »

Si Alex avait ri, son regard, lui, était sérieux. Tout bien considéré, mon amant avait sans doute raison. Après cette conversation, j'avais progressivement renoncé à mon vœu de proximité émotionnelle. J'avais enfin quelqu'un à mon côté. Nous n'étions pas obligés de tout nous raconter.

Et un soir, Alex m'avait plaquée toute nue contre la fenêtre.

« Ne me quitte pas », disait le carton qui accompagnait les fleurs le lendemain. On pouvait y lire une supplique. Ou un ordre. Au bout du compte, j'étais restée. Je ne supportais pas la perspective de me retrouver à nouveau seule. Alors, je m'en étais remise à Alex pour mener la danse, le laissant m'entourer de ténèbres. Peu à peu, la douleur s'était immiscée dans notre relation.

Je n'avais pourtant pas perdu espoir. Je m'étais accrochée à lui comme une bernique à son rocher. Jusqu'au moment où la danse m'avait entraînée au bord du gouffre.

Un tintement s'élève de ma poche. Avec un hoquet de surprise, je regarde autour de moi en clignant des yeux. Je suis assise dans ma voiture sur le parking à moitié vide d'une épicerie de village. Comment suis-je arrivée ici ? Je n'ai pas le moindre souvenir d'avoir conduit. Ma rencontre avec la fille, ma fuite à vélo, les muscles courbatus de mes jambes, le goût de sang dans ma bouche. Les menaces qui ont retenti dans la forêt et dans mon crâne. La peur qui me picote encore le bout des doigts et resserre son étreinte sur mon estomac. Mais il n'y a pas que cela. Ma volonté, la pulsion de tenir tête à mon ennemi s'est enfin réveillée. Voilà pourquoi je suis ici.

Nouveau tintement. J'extirpe mon téléphone de ma poche. C'est un message de Katinka. « J'espère que vous passez de bonnes vacances. Je pense à toi. » Deux simples phrases, pourtant lourdes de sens.

Alors que ma relation avec Alex s'altérait, que j'acceptais plus, en redemandais, Katinka avait été fidèle à son poste, silencieuse, mais attentive. Quand mes congés maladie s'étaient multipliés, elle m'avait posé des questions. Personne d'autre n'avait remarqué ma démarche gauche ce jour-là. Du moins elle seule avait abordé directement le sujet.

« Pourquoi tu boites ?

— Je ne boite pas.

— Peut-être pas, mais tu marches... plus prudemment que d'habitude. Comme si tu avais mal. Que t'est-il arrivé ? »

Elle m'avait dévisagée. J'avais pincé les lèvres, sans pouvoir m'empêcher de détourner les yeux. Katinka avait lentement hoché la tête d'un air de compréhension. Puis elle m'avait suggéré de parler à quelqu'un. J'avais sursauté et demandé ce qu'elle insinuait. Devant son silence, je m'étais obstinée :

« Que veux-tu dire ? De quoi aurais-je besoin de parler ? »

Une partie de moi voulait l'entendre prononcer tout haut ce que je n'osais pas formuler.

« Tu n'es plus toi-même, avait répondu Katinka. Il y a ce boitement. Et puis, tu es sans arrêt fatiguée. Tu devrais prendre rendez-vous quelque part.

— Où ça ? »

Je m'attendais à ce qu'elle me conseille un suivi psychologique. À l'instant où j'avais battu des paupières, j'avais eu la vision d'une cascade de cheveux blonds, la sensation d'une main serrant mon poignet. « Vous irez de plus en plus mal. Et vous risquerez l'effondrement. » Mais Katinka pensait à tout autre chose.

« Pourquoi pas au centre de santé ?

— D'accord, avais-je lancé. Tu as raison pour ma fatigue. Je vais consulter un médecin. »

Et quelques jours plus tard, j'étais allée au centre de santé. Dehors, le soleil brillait et tous les gens que j'avais croisés semblaient ne porter que des vêtements courts, jupes ou shorts. Quant à moi, j'avais enfilé un pantalon. La psychologue blonde m'était encore revenue à l'esprit. À l'époque, j'avais trouvé étrange qu'elle mette des gilets ou des vestes en plein été. Mais voilà que je m'habillais de la même façon. Je me camouflais.

On m'avait conduite auprès d'une femme en blouse blanche et je m'étais assise face à son bureau. Je n'avais pas tout de suite pris la parole, la laissant m'observer en silence. Secrètement, j'espérais qu'elle comprendrait sans que j'aie besoin de m'expliquer. Or le médecin arborait une expression si interloquée que je m'étais forcée à ouvrir la bouche. Par tâtonnements, j'avais évoqué ma fatigue, répondu docilement, bien qu'incertaine, aux questions qui avaient suivi. Quand elle avait prescrit des examens, j'avais laissé l'infirmière me faire une prise de sang et j'avais uriné dans le gobelet fourni.

Lors de l'entrevue suivante, le médecin m'avait regardée en inclinant la tête. « Demandez à voir mes jambes, avais-je imploré en mon for intérieur. Dites-moi que je dois le quitter. » Mais alors, elle m'avait annoncé que j'étais enceinte de huit semaines. Je ne me doutais vraiment de rien ?

J'entre dans le bâtiment bas en briques qu'occupe l'épicerie. À la caisse la plus proche des portes, un homme âgé lève les yeux de son journal et me salue avec flegme. J'attrape un panier et flâne entre les rayons. C'est un commerce de village et la tranquillité de la région se reflète dans l'offre. J'aurais pu retourner dans la commune où je me suis rendue hier. Mais je n'ose plus m'approcher du poste de police, de peur d'être reconnue.

Mes joues s'enflamment lorsque je repense aux questions de la policière. Je me suis complètement ridiculisée. Et si elle découvre que deux personnes répondant aux noms d'Alex et de Smilla ont disparu pour de bon, mais que j'ai menti sur nos liens, j'aurai de sérieux ennuis.

Au détour d'un rayon, je tombe sur deux vieilles dames qui se ressemblent à s'y méprendre. Deux sœurs ? Sont-elles de ces femmes qui n'ont jamais connu aucun homme et ont mené ensemble une vie en tout point différente de celle de la plupart des gens dans cette commune paresseuse ?

Elles m'adressent un sourire prudent, du genre qu'on réserve aux personnes un peu étranges, et mon visage se crispe lorsque j'essaie de le leur rendre. « Ce n'est pas ma faute ! voudrais-je leur crier. J'ai seulement fait ce qu'on m'a dit. »

J'avais demandé à Alex comment il pensait me présenter si nous tombions sur des gens qu'il connaît à Marhem. Jusqu'ici, nous n'étions jamais sortis de chez moi. Pas de cinéma, pas de restaurant, pas même de promenade en soirée. Je supposais que cela avait un rapport avec « elle ». La ville était suffisamment petite pour y rencontrer par hasard quelqu'un de leur connaissance. Notre univers ne dépassait pas les murs de ma chambre à coucher.

Et voilà que nous allions soudain nous aventurer en terre inconnue, passer des vacances ensemble. Je n'avais pas cherché à savoir quelles explications Alex avait fournies à sa famille ; je devinais qu'il avait inventé une histoire de déplacement. En tant que représentant, il était sans arrêt sur les routes, alors sa femme n'avait sans doute rien eu à y redire.

J'avais donc demandé quelle attitude adopter. Alex avait haussé les épaules. Après tout, nous aurions très peu de chances de croiser qui que ce soit. Encore moins une personne de sa connaissance. Mais j'avais insisté.

« Si jamais cela se produit, si jamais quelqu'un pose la question. Je veux savoir. Qui suis-je ? »

Ces mots avaient éveillé son intérêt. Il m'avait longuement observée, d'un air indéfinissable.

« Tu es ma femme, avait-il enfin dit d'un ton ferme. Voilà ce que tu répondras si on t'interroge. »

J'avais obéi. Je l'avais fait croire à tout le monde : l'homme dans la maison brune, la policière, les adolescents. Dans le cas de Smilla, c'était différent. Je n'avais pas reçu pour consigne de prétendre qu'elle était ma fille, et pourtant je l'avais incluse dans cette mascarade. Le mensonge m'était venu avec une facilité déconcertante. Ma petite Smilla qui, comme moi à son âge, rêvait de princesses et grandissait auprès d'un modèle masculin aux deux visages : un papa joueur, mais un époux cruel. Smilla, qui était liée à moi par le bébé que je portais.

— Ton petit frère ou ta petite sœur, dis-je dans un murmure, frissonnant face au rayon froid.

Je fixe, indécise, les briques de lait, les paquets de beurre, les pots de yaourt et les boîtes d'œufs. Puis je jette un coup d'œil à mon panier d'achats rouge. Il est toujours vide.

Cette idée d'aller faire les courses, je sens qu'elle n'est qu'un prétexte. En réalité, je cherche tout autre chose. Mais quoi ? Les deux dames se rapprochent. Je me dépêche de déposer deux pots de fromage blanc dans le panier. À présent je ressemble à n'importe quelle cliente. Du moins je l'espère.

Je fais quelques pas vers le fond de la boutique, tentant de me ressaisir. J'emballe des fruits qui vont rejoindre un paquet de pain de mie. Ensuite, je passe devant une étagère de couches et de petits pots pour bébé. Je revois aussitôt la réaction d'Alex à l'annonce de la nouvelle – « Tu as pris rendez-vous ? » – et l'application qu'il avait mise à vider son assiette. Pourtant, le mouvement de ses mâchoires avait quelque chose d'alarmant. Comme s'il s'efforçait de réprimer sa fureur. Ou bien cette impression me vient-elle après coup ?

Une fois le repas achevé, il s'était levé de table et était revenu avec la cravate en soie noire. Puis il avait retiré sèchement son veston et m'avait tendu les vêtements.

« Enfile ça. Garde ta culotte, mais rien d'autre. Attends-moi dans la chambre à coucher. »

Encore un essai, un dernier. Peut-être était-ce dans cet état d'esprit que j'avais refoulé le souvenir des élancements dans mes cuisses, qui, apaisés, avaient cédé la place à une empreinte invisible et indestructible. Obéissante, je m'étais dévêtue et avais passé la cravate. Puis il était entré. Et il avait refermé la porte sur nous.

J'avais mis longtemps à m'endormir cette nuit-là, finalement gagnée par une torpeur inégale et anxieuse. Peu après, je m'étais réveillée, à cause de la douleur ou du bruit : le moteur de la voiture, les cris stridents. Depuis le lit, j'avais entendu Alex revenir avec Smilla, j'avais vu la lumière s'allumer dans la chambre de l'autre côté du mur, où il l'avait consolée à voix basse.

Je ne m'étais pas levée. Mais j'avais l'esprit parfaitement clair. C'était à cet instant que j'avais pris ma décision. Même s'il serait plus juste de parler de révélation : ça suffit maintenant.

Ces mots m'avaient frappée avec une évidence que je n'avais pas ressentie depuis longtemps. Ce que je devais faire à tout prix... Cette perspective me pesait et me soulageait à la fois. Pourtant, je n'avais pas la moindre hésitation.

Je caresse un biberon, puis un gobelet décoré d'un Winnie l'Ourson. Est-ce cela que je cherche ? Mes mains s'abaissent, mon corps se remet en mouvement. Je suis tout près des caisses et je n'ai pas encore trouvé l'objet de ma quête, ce qui se cache, moqueur, dans un recoin de mon esprit. Un sac de croquettes pour chats vient s'ajouter au panier, puis j'arrive au rayon des produits d'entretien et de jardinage. J'avise une des étagères basses et un déclic se fait.

Posant mes courses, je m'accroupis devant le coin des outils. Mes oreilles bourdonnent quand je referme la main sur une hache et la soupèse.

Je n'ai jamais touché de hache auparavant et pourtant le manche en plastique cannelé me semble familier, ma prise naturelle. Comment est-ce possible ? Je me penche pour lire la description étiquetée sur le rebord de l'étagère. « Multifonction. Acier trempé. Garanti à vie. » Je cligne des yeux.

Avec précaution, mes doigts effleurent le tranchant de la lame. Cette sensation fait retentir une note fondamentale dans mon corps. Quand elle se tait, un écho récurrent lui succède. « Dans le pire des cas, cet état d'esprit peut avoir des conséquences désastreuses. Pour vous et votre entourage. » Je jette presque la hache loin de moi. La mise en garde de la psychologue blonde est-elle sur le point de se réaliser ? Ai-je atteint le stade où mes actions deviennent imprévisibles et incontrôlables ? Ou bien l'ai-je déjà dépassé ? Oh ! Smilla !

Une main sur les yeux, toujours accroupie, je me balance doucement d'avant en arrière, désespérée. La fille d'Alex n'était pas censée nous rejoindre à Marhem, mais un coup du sort a provoqué son arrivée en pleine nuit. *La personne qui est venue, la personne qui est partie.* Et là, de quoi est-ce que j'essaie de me persuader ? Que d'autres circonstances malheureuses ont entraîné sa disparition ? Résolue, je tourne à nouveau les yeux vers l'outil. Je dois voir les choses en face. Je saisis la hache.

Je suis tout près de la sortie vers Marhem quand mon portable sonne. Ce doit être Katinka. N'ayant pas obtenu de réponse à son message, elle appelle pour s'assurer que je vais bien. Je me remémore les paroles de maman. « Katinka s'inquiète pour toi. » Fébrile, j'attrape le téléphone. Mais c'est un nom différent qui s'affiche sur l'écran.

Je sursaute si violemment que la voiture sort de la voie. Avec un cri, je reprends le contrôle du véhicule. Un peu plus loin, j'aperçois un arrêt de bus. Je jette un coup d'œil dans le rétroviseur, pas de bus à l'horizon. Les mains serrées sur le volant, je me faufile sur la place et freine d'une manière un peu sèche.

La sonnerie se fait insistante. Je fixe sur l'écran, affolée, un prénom bien connu.

— Alex…

Je soulève le téléphone. Dans ma paume, la blessure causée par mon pendant d'oreille me tiraille. Une fraction de seconde avant de presser la touche « Décrocher », mon regard glisse vers le plancher devant le siège du passager, où j'ai déposé les sacs contenant mes courses : du fromage blanc, des fruits, du pain. Et la petite hache. Multifonction, avec sa lame en acier trempé et garantie à vie.

Je prends une grande inspiration, puis je m'efforce de parler calmement.

— Allô ? Où es-tu, Alex ? Qu'est-ce qui s'est passé ?

Seul un raclement me répond. J'insiste, d'une voix plus ferme :

— Allô ? Tu m'entends ?

Toujours aucune réaction. Rien que ce bruit étrange. Puis le silence retombe. Je considère un instant le portable, puis je réessaie. Je crie le nom d'Alex, de plus en plus fort. Mais la communication a été coupée. Il n'y a plus personne à l'autre bout.

26

L'obscurité s'est épaissie. Mes dernières forces m'ont quittée. Plus rien ne me maintient debout. Incapable de me lever, je suis condamnée à attendre dans les ténèbres, à regarder autour de moi. Le cadre m'est familier et pourtant tout me semble changé. Détruit.

J'entends ta voix. En faisant un petit effort, je vois même ton visage et tes contours devant mes yeux. Mais je n'arrive pas à pénétrer dans ta tête, à cerner ta personnalité. Quelles pensées, quelles émotions traversent ton esprit en cet instant ? Confusion ? Solitude ? Ou bien confiance et espoir ? Crois-tu à une accalmie ? Penses-tu parfois à moi ? Réponds !

Comment vais-je continuer, reprendre le cours de ma vie ? « Sans moi, tu n'es rien. » Ces mots qui me mettent à nu, me font suffoquer, me recroqueviller. Mais maintenant… je sens quelque chose qui croît en moi, qui se rapproche. Sur le point d'émerger à coups de griffe. Bientôt, je vais me lever. Je serai à nouveau forte et droite. Je vais renoncer à ce qui était. L'avenir attend. Elle attend.

Bientôt, la lumière reviendra. Bientôt, j'irai la retrouver.

Et tu resteras seule dans les ténèbres. Le ciel fasse qu'elles t'engloutissent.

27

La clé. Où est passée cette fichue clé ? Je suis obligée de poser mes courses pour mieux fouiller mon fourre-tout. Le bord d'un sachet glisse, révélant le manche de la hache que je viens d'acheter. Et ça me revient. La clé n'est pas dans mon sac. J'ai cherché là uniquement par réflexe de citadine. Ici, à Marhem, les habitudes sont différentes.

Au pied des marches, je tends la main vers la cachette, quand soudain je ressens une démangeaison dans le dos. J'ai la nette impression d'être observée. Est-ce mon imagination ou ai-je vraiment entendu des brindilles craquer de l'autre côté de la haie de thuyas qui entoure le cottage ? Je tressaille, manquant de lâcher la clé.

Sans me retourner – je refuse de céder à la panique –, je gravis l'escalier, fais jouer la clé dans la serrure et actionne la poignée. Mais la porte ne bouge pas. Je recommence à deux reprises tout en tirant la poignée vers moi, en vain. Pourtant, je viens juste d'ouvrir. Du moins je crois… Les mains agitées de tremblements, je fais une nouvelle tentative : insérer la clé, tourner, abaisser. Cette fois, le battant n'oppose aucune résistance.

Je referme vivement la porte après moi et m'appuie contre le mur dans l'entrée pour laisser ma respiration s'apaiser. Était-elle ouverte depuis le début ? J'ai cependant dû la fermer à clé avant d'aller à l'épicerie. Je ne me revois pas en train de procéder, mais qui se souvient de ce genre de gestes quasi automatiques ? Mon cœur bat la chamade.

Y avait-il quelqu'un près du cottage ? Jorma ? La sensation de la pointe du couteau sous mon menton se réveille, me faisant frissonner. Jorma ne se serait pas contenté de m'épier depuis les buissons. Bien sûr, il pourrait s'agir d'un de ses acolytes. Ont-ils découvert où j'habite ? Sans doute n'ont-ils rien de mieux à faire que traîner dans le coin, désœuvrés et fébriles, espérant un peu d'action. Je regarde fixement la porte fermée. Si tel est leur souhait, il sera bientôt exaucé.

Mes pensées repartent vers la conversation téléphonique interrompue, bien que le terme soit fort : la personne à l'autre bout du fil n'a pas prononcé un seul mot. Or il y avait forcément quelqu'un. Une personne qui a composé mon numéro, puis attendu sans rien dire. Qui avait une raison de me contacter en particulier. Mais qui ? Pourquoi ? Je frémis. Je tente d'étouffer le sentiment qu'au fond de moi je connais la réponse à ces deux questions.

La bouche pâteuse, je me dirige vers la cuisine et entreprends d'entasser mes achats dans le réfrigérateur et les placards, à l'exception de la hache, que je laisse au fond d'un sachet où je peux faire semblant de ne pas la voir. Je pourrais aussi prétendre l'avoir acquise pour effectuer de menus travaux dans le jardin. J'aimerais pouvoir affirmer que je suis la même femme qu'à mon arrivée à Marhem. Celle-là ne se procurerait jamais de hache, encore moins avec l'idée de s'en servir comme d'une arme.

C'est déjà l'après-midi. Mon estomac gargouille, mais je n'ai pas d'appétit, alors je me contente de boire quelques verres de jus de fruits, debout devant l'évier. Soudain, je ressens de nouveaux picotements dans le dos. Lentement, je me retourne. Chose curieuse, ce n'est qu'à ce moment que je découvre la poupée. Cinq des chaises de cuisine sont rangées sous la table. Mais la sixième est occupée par la grande poupée dormeuse de Smilla. Ses petits bras potelés sont levés en l'air et ses yeux bleu vif, braqués vers moi, écarquillés. Je resserre la main sur le verre. Mon pouls remonte en flèche. Était-elle assise là ce matin ? Et hier ? Avant que j'aie pu réfléchir à cette question, une sonnerie retentit.

Mon téléphone se trouve toujours dans mon fourre-tout abandonné dans l'entrée. Je vais le chercher, les jambes flageolantes. À la vue du nom sur l'écran, mon estomac se noue. C'est le même que la fois précédente. J'élève le petit appareil rendu glissant par la sueur.

— Alex ? Tu m'entends ?

Là encore, personne ne se manifeste. Seul l'écho de ma voix rauque répondant à mes appels, je raccroche.

Bouleversée, je pivote vers le miroir de l'entrée. Ma conscience s'étend dans toutes les directions, essayant d'englober l'insaisissable, de ne pas sombrer. Je me rappelle le rugissement des pneus et les hurlements aigus à l'extérieur du cottage le premier soir ; mon téléphone, introuvable après la disparition d'Alex et de Smilla, qui avait fini par réapparaître dans la moitié de lit soigneusement bordée de mon amant ; mes difficultés à ouvrir la porte d'entrée il y a quelques minutes, la possibilité qu'elle n'ait pas été fermée à clé pendant mon absence. Enfin, la poupée de Smilla, ses grands yeux fixes, sa petite bouche formant un cri muet et ses bras dressés comme pour implorer de l'aide.

Je titube vers la chambre à coucher, saisie d'une brusque faiblesse, et me fige en apercevant le soutien-gorge en dentelle écarlate sur le dossier de la chaise. Je l'avais acheté lorsque Alex avait proposé – ou plutôt décidé – de m'emmener à Marhem. Nous passerions quelques jours en tête à tête. Malgré le bref délai, j'avais réussi à obtenir un congé. À la pause déjeuner, j'étais allée en catastrophe choisir de nouveaux sous-vêtements. Non que j'en eusse envie ni besoin, mais parce que j'avais le sentiment qu'Alex l'attendait de moi. Par la même occasion, j'avais aussi acheté une cravate en soie noire que j'avais offerte à Alex quand il était venu chez moi ce soir-là. Il l'avait contemplée longuement en la lissant avec tendresse entre ses doigts.

« Je l'emporterai au cottage », avait-il fini par dire.

Nous avions dîné, puis il m'avait caressée, longtemps, avec des gestes voluptueux. Il m'avait redonné l'espoir et je m'étais détendue sous ses mains. Cette fois, nous ferions l'amour sans douleur, sans mauvaises surprises. Alex était doué et, le souffle court, j'avais arqué le dos vers le plafond. Mais à l'instant où j'avais senti venir l'orgasme, il avait attrapé fermement la peau à l'intérieur de ma cuisse et serré de toutes ses forces. J'avais poussé un cri perçant. Puis il avait répété son geste sur l'autre jambe. Et là, il avait pincé l'épiderme, le gras et le muscle et tordu jusqu'à ce que ça brûle. Aveuglée par la souffrance, j'avais perdu toute notion du temps et de l'espace. Mon corps avait été brutalement renversé, décrivant un arc de cercle, et mon visage plaqué contre le matelas tandis qu'Alex me montait. Je me souviens d'avoir pensé : « Mais qui es-tu vraiment ? » Puis c'était fini.

Après, j'avais perçu le souffle brûlant d'Alex dans mon oreille tandis qu'il me chuchotait qu'il voulait explorer avec moi la frontière ténue entre plaisir et douleur. Quelques jours plus tard, je m'étais rendue au centre de santé, vêtue d'un pantalon, et avais parlé de la grande fatigue que je ne m'expliquais pas. Et j'avais reçu le diagnostic qui allait tout changer. « Neuvième semaine. Vous ne vous doutiez vraiment de rien ? » Mon univers avait été chamboulé. Je ne savais pas comment réagir, alors je n'avais rien fait. Puis il était arrivé, le jour de notre départ pour Marhem.

Impossible de me résoudre à entrer dans la chambre à coucher. Le soutien-gorge rouge entraîne inexorablement mes pensées vers la cravate en soie noire, et un violent accès de nausée me fait vaciller. Où est-elle à présent ? Je ne l'ai pas revue depuis le soir de notre arrivée. Elle doit être sagement accrochée dans l'armoire d'Alex.

Je bats en retraite en titubant vers la chambre de Smilla. Les jouets éparpillés partout rappellent qu'il y a peu de temps une petite fille est demeurée et a dormi ici. Mais quand je m'assieds au bord du lit et enfouis le visage dans son oreiller, je ne sens plus la douce odeur chaude de ses cheveux. Elle est partie depuis longtemps, loin d'ici.

— Je suis désolée que les choses aient tourné de cette façon.

L'image des jambes livides dépassant de dessous un buisson traverse mon esprit, mais je parviens à lui en substituer une autre : Smilla entrant dans la cuisine en vol plané, portée à bout de bras par Alex qui la dépose sur la chaise face à la mienne. Puis elle l'observe avec des yeux débordants d'affection tandis qu'il prépare le petit déjeuner. C'est notre premier matin ensemble. Et le dernier. Si, à ce moment, j'avais su ce qui allait se produire, aurais-je adopté une autre attitude ?

Qu'avait pensé Smilla de ma présence dans la maison si tôt dans la journée ? S'était-elle posé des questions sur les marques qui commençaient à bleuir ma gorge ? Ou bien était-elle trop jeune pour comprendre, pour tirer des conclusions sur son papa et les inconnues en nuisette ? Je change de position sur le lit et regarde droit dans l'œil unique de l'ours en peluche de Smilla appuyé contre le mur. Pour tout dire, je ne suis pas certaine qu'elle m'ait vue. Elle avait certes conscience de ma présence, mais elle ne m'avait pas accordé grande attention, captivée comme elle l'était par son père. Chaque fois qu'elle avait ouvert la bouche, c'était pour parler d'elle-même et d'Alex. Smilla et papa, papa et Smilla… L'amour qu'elle lui portait était comme une bulle qui entourait la cuisine.

En la voyant, de l'autre côté de la table, le couver de son regard adorateur, j'avais senti la jalousie éclore au fond de mon cœur. Je m'étais sentie exclue. Je voulais être comme eux. La décision que j'avais prise pendant la nuit s'était raffermie. Le petit déjeuner terminé, j'avais entraîné Alex à part pour la lui annoncer. Je le quittais. Il m'avait alors caressé la joue, sans la moindre dureté ni colère, l'air plutôt distrait.

« Mais non, voyons », avait-il répliqué.

Puis il s'était éloigné, me laissant seule avec l'impression de m'être transformée en pierre. J'avais cru que le plus dur serait de choisir de partir, et qu'ensuite le reste suivrait de façon naturelle. Ce n'est qu'à cet instant que j'avais compris à quel point les mailles du filet s'étaient resserrées sur moi, qu'il n'y avait aucune issue.

Je ne pouvais pas quitter Alex, tout simplement parce que c'était lui qui conduisait le bal de notre relation. Le jour où il se lasserait de moi, nos chemins se sépareraient, mais pas une seconde plus tôt. Et si j'essayais quand même de prendre mes distances… il me ramènerait. Il savait où je travaillais, où j'habitais. Il savait tout de ma vie. Il était ma vie. Je devais trouver un autre moyen. Mais lequel ?

Je me relève et lisse les draps de Smilla. Comme si je croyais qu'elle allait y dormir cette nuit. Lorsque je redresse la tête, je distingue un mouvement furtif derrière la vitre. Une boule dans la gorge, je m'approche en quelques pas et, résolue, je baisse le store. Un chevreuil ! Cette fois, c'était un chevreuil !

28

Quand la sonnerie stridente du téléphone m'arrache aux brumes du sommeil, la pièce est encore sombre. Qui peut bien m'appeler en pleine nuit ? Une seconde plus tard, parfaitement lucide, j'attrape mon portable. C'est encore une fois le nom d'Alex qui s'affiche. Et encore une fois, c'est le silence complet à l'autre bout. Je crie plusieurs « allô » dans l'appareil.

Soit mon mystérieux interlocuteur est incapable de parler, soit son but n'est pas d'établir une communication verbale. Veut-on appeler à l'aide ? Me menacer ? Comment savoir ? Le désespoir me submerge. Mais un nouveau sentiment, intense et insistant, le suit de près. Je hurle dans le téléphone :

— Va te faire foutre !

Et je raccroche brutalement.

La force de ma réaction me surprend moi-même. Quand ma fureur s'apaise, ma culpabilité se réveille, l'image des deux jambes livides sous le buisson me revient, celle du corps sans vie d'une fillette. Cette fois, j'ai plus de mal à repousser cette vision. Smilla !

D'instinct, je cherche à tâtons la fourrure duveteuse de Tirith. J'ai besoin de lui, du réconfort que seul peut apporter un autre être vivant. Mais le chat n'est pas sur le lit. Ma déception se mue vite en une émotion plus sombre. Quand l'ai-je vu pour la dernière fois ? Ma mémoire me ramène au moment de mon retour de la visite inutile au poste de police.

Je revois Tirith en train de nettoyer la plaie dans ma main. Et ensuite… je l'ai repoussé sans plus de cérémonie. Sur un coup de tête, à cause du malaise que me causait son nom. Depuis, plus aucun signe de lui. Je suis envahie d'un mauvais pressentiment. Alors que j'étais obnubilée par mes problèmes, Tirith errait seul dehors, à la merci des dangers qui guettent à Marhem.

Je me lève si brusquement du lit que la nausée se jette sur moi comme un fauve enragé. J'ai à peine le temps d'atteindre les toilettes avant de rendre mon maigre dîner. Ces derniers jours, je n'ai ingéré que quelques mandarines et du pain grillé. Les brûlures d'estomac sont pires que jamais, comme la douleur sourde dans mes hanches. Je presse légèrement mon ventre de la main.

— Nous allons chercher le chat de ta sœur. Je dois trouver Tirith, je te jure que je le ferai.

En quête de vêtements appropriés, je déniche un pull et un pantalon confortable avec une ceinture élastique. L'été s'achève et les nuits se font fraîches. Combien de temps vais-je rester dehors ? Je n'ai pas l'intention de rentrer avant d'avoir mis à l'abri mon compagnon noir et blanc.

Dans la penderie du couloir, je mets la main sur un anorak fin, usé. Il est gris, avec des ornements roses. Je l'enfile en m'efforçant de ne pas trop penser à sa propriétaire. Immobile dans la pénombre, j'observe mon reflet. Le teint pâle, aucun maquillage, les habits confortables mais peu élégants. Une personne complètement différente de la femme qui est venue ici il y a quelques jours. Couche après couche, vernis et stratégies m'ont été retirés. À présent, il ne subsiste que celle je suis devenue.

Une ligne traverse le temps, depuis le soir où papa est tombé par la fenêtre de notre appartement du huitième étage jusqu'à celui où Alex et Smilla ont disparu sur l'île. Mais elle n'est pas droite, elle se courbe jusqu'à dessiner un cercle et je me tiens à l'endroit où les deux bouts se rejoignent. Celle que j'ai toujours été. Celle qui est née des ombres et retournée aux ombres.

J'ai déjà un pied dehors quand je m'aperçois de mon oubli. Sans me déchausser, je vais dans la cuisine, où j'ai abandonné mon sachet de courses. Je saisis à deux mains le manche noir qui en dépasse et brandis la hache devant moi. En ressortant, je jette un coup d'œil dans le miroir, m'attendant à me trouver un air empoté. Or ma prise est sûre et résolue. À croire que j'ai fait ça toute ma vie.

Je me mets en marche sans trop savoir où je pose les pieds ni observer les chemins que j'emprunte. Ce n'est que lorsque je sens les branches des sapins m'érafler les joues que je comprends que je me suis enfoncée dans la forêt. Pas sur la rive du lac ni sur le sentier forestier, mais au milieu des arbres. Ici, la pénombre s'attarde, même si le ciel commence à se teinter de rose et d'or au loin. Un craquement retentit derrière moi. Je fais volte-face.

— Tirith ?

Aucun miaulement ne s'élève, aucun corps noir et blanc ne s'approche en souplesse. Une partie de moi est consciente qu'espérer retrouver un chat en pleine forêt est totalement irrationnel. Cependant, mon sentiment de culpabilité envers Smilla m'obsède. La situation dans laquelle je l'ai entraînée, victime innocente. La nausée me tord l'estomac, mais je refuse de renoncer. Chercher Tirith est le moins que je puisse faire.

— Tss-tss ! Tirith !

Je regarde d'un côté et de l'autre en faisant des allées et venues. J'inspecte le sol à la recherche d'empreintes. Où peuvent bien aller les chats quand on les laisse sortir ? Je secoue la tête. Qu'aurais-je fait si Alex m'avait laissée partir de bon gré ? Je ne le saurai jamais. Soudain, une large branche se détend et me gifle de plein fouet.

La souffrance provoque des éclairs blancs devant mes yeux, consumant en un instant le décor. Quand ma vue s'éclaircit, la hache gît à mes pieds. Je la ramasse. Mon visage me brûle, et lorsque je passe la main sur ma joue, elle se couvre d'un liquide rouge poisseux. C'est la main que le pendant d'oreille avait transpercée un peu plus tôt.

Étonnée, j'examine la peau fine et rose pâle à l'endroit où je me suis piquée. Ni trou ni sang. La plaie a-t-elle déjà guéri ? D'ailleurs, à quand remonte l'incident ? Il me semble tout récent, mais se peut-il qu'il ait eu lieu hier ? Ou même avant-hier ? Avant ou après le puits ? Je fronce les sourcils. « Le puits ? » Oui, celui sur l'île. « Il n'y a pas de puits sur l'île. » Alors qu'ai-je vu dans les eaux sombres du Cauchemar ? La margelle par-dessus laquelle Alex se penchait. « Non, il n'a rien fait de tel. » Mais me suis-je piqué la main avec mon pendant d'oreille avant ou après l'avoir poussé dans le dos ?

Aussitôt qu'une pensée est sur le point de prendre forme, voilà qu'elle s'évapore. Quelque part en moi, une voix crie des protestations, si lointaine que je suis dans l'impossibilité de décider si elle est réelle. Entre les arbres comme dans mon esprit, j'avance à l'aveuglette. Je n'ai qu'une certitude : je cherche quelque chose ou quelqu'un.

Je m'élance dans la forêt, poussant à la limite de mes capacités. Je brandis la hache devant moi comme un talisman. Je n'entends que le bruissement de l'anorak et ma respiration saccadée. Je ne sais plus depuis combien de temps ni dans quelle direction je marche. Et si, sans en avoir conscience, je ne faisais que tourner en rond ? Enfin, la lumière commence à filtrer entre les arbres et la force qui me propulse se calme lentement.

Je m'arrête pour reprendre mon souffle. Mon horizon gagne en clarté, du moins dans ses aspects immédiats. De Tirith, je ne vois pas la moindre trace. Pas plus que d'Alex et de Smilla, bien sûr. La peau me picote et un bourdonnement m'emplit les oreilles. La vérité est là, juste sous mon nez et pourtant dissimulée sous la surface de ma conscience. Par moments, elle scintille comme les écailles d'un poisson dans l'eau. Mais chaque fois que je tends les mains pour l'attraper, elle s'échappe, glissante comme une anguille

Je reprends mes recherches. Tirith. Smilla. Alex. Dès que j'aurai trouvé ce dernier, tout rentrera dans l'ordre. Si j'y arrive. De la sueur perle dans mon dos et sur mon front. De chasseur, je suis peu à peu gagnée par l'impression d'être devenue la proie. Des pas feutrés derrière moi. Une toux mal réprimée. Une forme qui se volatilise derrière un arbre quand je me retourne. Est-ce Alex qui est revenu pour se venger ? Mais de quoi ? Mes pensées tourbillonnent librement. Sans but ni direction, elles se détachent et s'enfuient à toute vitesse. J'ai beau m'en rendre compte, je suis désemparée.

Je me fige en sentant une légère vibration contre ma cuisse. Je ne lâche pas la hache tandis que j'extrais le téléphone portable de ma poche avec des gestes lents. Cet appareil est la dernière chose qui me relie à la réalité. Cette idée me rassure et me trouble à la fois. J'ai reçu un nouveau SMS de Katinka, qui rentre chez elle après un after et demande pourquoi je n'ai pas répondu au précédent. À en juger par le style sommaire et la syntaxe confuse, elle est ivre.

Le téléphone tinte encore une fois. Katinka m'envoie plusieurs brefs messages de suite et je parcours distraitement ses comptes rendus sur les hommes séduisants et ses pieds douloureux. Je m'apprête à glisser le mobile dans ma poche quand soudain il me signale un autre SMS. Celui-ci concerne maman. Apparemment, elle est de nouveau passée à la boutique. Pourtant, elle sait que je suis en congé.

« Bouleversée... Demandait où tu es... Voulait me persuader de le lui dire... Croyait que je le savais... »

Katinka est-elle blessée que je ne lui aie pas dit où nous allions, Alex et moi ? Ou bien émet-elle le simple constat qu'elle aurait été bien incapable de renseigner maman ? Je n'en ai aucune idée. J'ai perdu depuis longtemps la capacité de déchiffrer les signes tacites entre amies. Si tant est que je l'aie jamais eue. « Tu devrais prendre rendez-vous quelque part. Pourquoi pas au centre de santé ? »

Tant de choses se sont passées depuis les commentaires de Katinka. Un océan de pensées et de décisions s'étend entre ce jour-là et aujourd'hui. J'ai une brusque envie de lui écrire que je suis enceinte. Même elle l'ignore. Mes doigts sont immobiles au-dessus du clavier tactile ; je n'arrive pas à formuler de réponse appropriée.

Téléphone en poche, je me remets en marche. Pourrions-nous devenir de vraies amies, Katinka et moi ? Jusqu'ici, j'avais choisi de ne pas y songer. Mon rapport à Katinka, à tout le monde avant elle, était obscurci par la pensée de maman et de la meilleure amie qu'elle avait jadis. Je ne veux jamais subir la même chose. Je ne peux pas courir le risque de trop me dévoiler. Les arbres se raréfient devant moi, formant une petite clairière dans laquelle j'avance. Je m'arrête près d'une construction basse en bordure du bois. Dans ma tête se bousculent les souvenirs des derniers moments tragiques de la relation entre maman et Ruth. Cette phase de déclin avait en apparence débuté avec le voyage annulé chez mamie et s'était achevée avec la chute de papa. Mais en réalité, l'amitié était morte quelques mois plus tôt, avec la scène de la gifle.

Plongée dans mes réflexions, je ne reconnais pas tout de suite l'installation à mes pieds. Mon regard tombe sur deux bâtons attachés ensemble. Je mets quelques instants à identifier ce symbole vieux comme le monde. Qu'est-ce que… ? Je recule d'un pas, mes yeux vont de la petite croix en bois au monticule de terre juste devant, puis reviennent à la croix. Une vague glacée déferle sur moi, balayant tout sur son passage. Il ne reste qu'une certitude. Cette clairière n'abrite pas n'importe quoi. C'est une tombe.

Je perçois alors un bruissement tout près, et cette fois j'en suis sûre : il y a quelqu'un derrière moi. Je pivote vivement, la main serrée sur la hache.

29

La dernière chose qu'avait faite maman avant de boucler nos valises pour nous rendre chez mamie avait été de téléphoner à Ruth. Assise au bord du lit dans la chambre qu'elle partageait avec papa, dos à la porte, elle avait longuement parlé à voix basse. Même si, comme d'habitude, elle avait surtout écouté, appuyant par-ci par-là les sagesses de Ruth d'une brève approbation.

« Oui, j'ai vraiment besoin de me reposer un peu. De m'éloigner de… eh bien, de tout. »

Je trépignais dans le couloir. Les vacances d'été venaient de commencer et j'étais impatiente de voir mamie. De quitter la bulle étouffante de ma vie avec mes parents. J'avais presque autant hâte de rejoindre la paix de son appartement que de manger ses brioches à la vanille.

Ces derniers temps, papa et maman se disputaient encore plus qu'à l'accoutumée. Pour un billet trouvé dans la poche d'un pantalon en faisant une lessive, pour un retard prolongé. Papa ne fournissait ni explications ni excuses, la rembarrant d'un ton railleur. Maman passait donc à la vitesse supérieure et les accusations fusaient. Maman lançait des noms de femmes – un nouveau à chaque dispute, me semblait-il. Les réparties de papa, elles, variaient peu. Le ton pouvait changer. Mais une emmerdeuse restait une emmerdeuse.

En un instant, maman était vaincue. Je n'avais jamais compris pourquoi sa colère se volatilisait, pourquoi elle capitulait sans condition. Mais voilà. Ma mère consacrait ses journées à aider les autres, le plus souvent des femmes, à tenir tête à des conjoints infidèles, parfois violents. Son entourage la décrivait comme compétente, solide. Nul ne savait qu'entre les quatre murs de notre appartement elle montrait un visage radicalement différent. Sauf moi. Et Ruth.

« Maman ! »

J'avais frappé au chambranle de la porte, impatiente.

« Maman, on y va bientôt ? Allez, viens ! »

Nous avions pris le bus jusqu'à la gare pour attraper le train régional qui nous conduirait chez mamie. À côté de moi, maman contemplait en silence la végétation qui défilait de l'autre côté de la vitre. Je cherchais des anecdotes à lui raconter, ma dernière balade à vélo, ce que j'avais vu à la télé. Mais elle n'avait pas l'énergie de s'y intéresser et j'avais fini par me taire.

À la gare, maman avait étudié le panneau des arrivées et départs, les sourcils froncés. Elle avait marmonné quelque chose à propos de retard et, tirant nos valises derrière nous, nous étions allées nous asseoir sur un banc. Nous avions passé le reste de l'après-midi à attendre. Trois fois le départ de notre train avait été repoussé, et trois fois maman avait bondi avec force protestations avant de se rasseoir docilement. Exactement comme quand elle se disputait avec papa, avais-je pensé.

L'annonce avait fini par tomber : la circulation des trains vers le sud était suspendue pour toute la soirée en raison de lignes électriques arrachées. On nous avait remboursé nos billets et proposé une réservation sur un départ tôt le lendemain. Le retour en bus avait été encore plus silencieux, ce que je n'aurais pas cru possible.

Lorsque maman avait introduit la clé dans la serrure, elle n'avait toujours pas dit grand-chose. Je me demandais si elle voulait réellement que je l'accompagne chez mamie ou si elle aurait préféré partir seule. Ces pensées me turlupinaient sur le seuil, mais une fois à l'intérieur, j'avais vite eu autre chose en tête.

L'appartement était plongé dans la pénombre et j'avais d'abord cru papa sorti. Ensuite, j'avais distingué des chuchotements et des gloussements excités. J'avais levé les yeux vers maman qui s'était figée. Elle avait entendu aussi.

« Ohé ! Il y a quelqu'un ? » avait-elle appelé.

Alors, maman avait fait une chose qui lui ressemblait si peu que ma gorge s'était serrée : elle qui tenait tant à l'ordre et à la propreté était entrée sans se déchausser. Quelque chose allait vraiment, vraiment de travers. Les pieds de maman avaient martelé le parquet lorsqu'elle s'était approchée du salon. Une seconde plus tard, une silhouette blanche avait surgi : un corps de femme nu qui filait vers la salle de bains. J'avais juste eu le temps de distinguer de larges fesses rondes comme la lune avant que la porte se referme et que la clé tourne dans la serrure.

Maman s'était raidie, puis elle avait pénétré dans le salon. Depuis l'entrée, je ne voyais pas ce qu'elle avait découvert, mais j'avais parfaitement saisi les paroles qu'elle avait prononcées.

« Espèce de salaud ! »

Nous étions reparties en trombe de l'appartement pour aller chez Ruth, maman tirant nos valises. Personne ne nous avait rattrapées ni appelées. En dépit de son fardeau, elle courait presque. J'avais du mal à suivre son rythme, épuisée que j'étais par les trajets en bus et la longue attente à la gare. En plus, j'avais faim. Malgré mes nombreuses plaintes, elle n'avait pas ralenti.

Quand Ruth avait ouvert la porte, maman avait éclaté en sanglots. Ruth nous avait fait signe d'entrer. Elle n'avait pas semblé étonnée. Peut-être avait-elle déjà assisté à une telle crise de larmes. Ruth nous avait guidées dans sa cuisine, où elle avait tiré une chaise pour maman et s'était assise près d'elle. J'avais cherché des yeux un passe-temps quelconque, mais n'avais vu que des livres, des napperons au crochet et des fleurs séchées. De toute évidence, Ruth vivait seule. Ni homme ni enfants ici, seulement deux chats.

J'avais joué avec les animaux de compagnie, jusqu'à ce qu'ils en aient assez. Puis j'avais regagné la cuisine, où maman et Ruth avaient entrepris de vider le lave-vaisselle.

« Je ne comprends pas, se lamentait maman. Au nom du ciel, pourquoi fait-il ça ? »

Elle avait tendu des assiettes à son amie, qui les avait rangées dans un placard. J'avais trouvé à Ruth un air un peu crispé, comme renfrogné. Sans doute souhaitait-elle que nous la laissions tranquille. Soudain, une énorme lassitude m'avait submergée. La fatigue n'était pas que physique, ma personne tout entière était à bout de forces. J'en avais ras le bol d'être trimballée comme ça.

« Maman, je veux rentrer à la maison. »

Elle ne s'était même pas retournée. Elle avait juste agité la main comme pour chasser un insecte. En temps normal, j'aurais abandonné, mais pas cette fois. Mes pensées suivaient un cours tout à fait nouveau. J'avais fixé le dos de maman. J'étais sa fille. J'étais affamée et épuisée, mais cela lui était complètement égal.

« Je veux rentrer ! » avais-je réitéré, plus fort.

Elle ne m'avait toujours pas regardée. Elle s'était contentée de jeter une brève réponse par-dessus son épaule, me faisant comprendre que nous allions rester encore un moment. Puis elle avait repris sa conversation avec Ruth. À cet instant, un sentiment sur lequel je ne pouvais pas mettre de nom avait grandi en moi, telle une lance affûtée. Avant de m'en rendre compte, je la tirais par son pull.

« Maintenant ! » avais-je crié.

Essayant sans doute de sourire, Ruth avait arboré une drôle de grimace, un tressaillement affligé du coin des lèvres. J'avais braillé :

« Maintenant, maintenant, maintenant ! »

Quand maman m'avait enfin fait face, son visage était dur. Elle s'était dégagée avec rudesse.

« Écoute-moi, Greta ! Nous partirons quand je le déciderai, pigé ? »

Et elle m'avait tourné le dos. J'avais l'habitude de cette attitude de rejet, mais là, je refusais de me taire. J'allais obliger maman à m'accorder son entière attention. La première fois, j'avais parlé si bas que j'avais à peine entendu ma propre voix. Lorsque j'avais répété, j'y avais mis de la force, insistant sur chaque syllabe, et je les avais senties jaillir à pleine puissance de ma gorge.

« Espèce d'emmerdeuse ! »

On aurait cru que le temps lui-même s'était arrêté. Les mots avaient claqué, vibrant autour de nous. Seulement après, ils avaient pris corps. Maman et Ruth s'étaient tues tout d'un coup, comme si on avait appuyé sur un interrupteur. Au ralenti, j'avais vu maman faire volte-face, sa main s'élever et filer vers moi. Avant même qu'elle s'abatte, ma joue brûlait de mille flammèches.

Nous nous étions dévisagées toutes les trois, muettes. Ruth avait plaqué une main sur sa bouche. Le visage de maman s'était décomposé. Tombant à genoux, elle m'avait serré fort dans ses bras. Cela n'avait pris que quelques secondes, pourtant il m'avait semblé qu'elle avait mis une éternité à franchir le fossé qui nous séparait. Les mots avaient afflué tous en même temps, si vite que j'en avais été étourdie.

« Pardon, Greta, je ne voulais pas. C'est juste en me retournant que… Tu sais que je ne voulais pas, dis ? »

Elle avait continué sur sa lancée sans me laisser le temps de répondre. Bien sûr qu'elle n'avait jamais eu l'intention de me frapper, elle avait juste été profondément choquée. J'avais été par hasard sur la trajectoire de sa main. Un malheureux concours de circonstances, rien de plus. Au bout d'un moment, elle avait réussi à se calmer. Mais ensuite, une lueur étrange avait brillé dans son regard, sa voix avait changé.

« Je crois qu'il vaut mieux n'en parler à personne. »

J'avais deviné immédiatement à qui maman songeait. Je n'avais pas le droit de le raconter même à papa. Surtout à papa. Soudain, elle tenait à ce que je réponde, que je montre que j'avais compris. Et j'avais promis de ne jamais révéler à quiconque ce qui s'était passé ce jour-là dans la cuisine de Ruth. Maman avait semblé un peu moins nerveuse. Puis elle s'était à nouveau détournée.

Néanmoins, cet incident avait scellé le destin de mon père. Il ne lui restait que trois mois à vivre.

30

La fille se fige. Ses yeux écarquillés vont de moi à la hache. Un instant plus tard, elle inspecte la clairière, alerte. Cherchant quelque chose, ou plutôt s'assurant que quelque chose est toujours là. Je suis son regard, qui balaie le sol jusqu'à un point derrière moi.

Je m'aperçois alors que la petite croix en bois à mes pieds n'est pas seule. À l'orée des arbres, il y en a quelques autres, et devant chacune la terre et la mousse ont été remuées. J'ai découvert un cimetière forestier.

Le soulagement est visible sur le visage de la fille.

— Tu ne les as pas dérangées.

— Les tombes ? Pourquoi ferais-je ça ?

Elle m'observe sans un mot. D'un air qui me semble honteux. Puis son expression change encore.

— D'accord, mais qu'est-ce que tu fais là ?

Elle parle d'un ton de propriétaire sur les terres duquel je me serais égarée.

— J'essaie de retrouver un chat. Et toi ?

La fille baisse les yeux et hausse les épaules. Sous la brise, ses longs cheveux ternes s'enroulent autour de son visage tel un voile noir. De part et d'autre de la raie, ses racines sont blondes, et la lumière de l'aube révèle un grand nombre de fourches. Je ne peux m'empêcher de songer qu'elle aurait besoin d'une bonne coupe. De vêtements neufs. Et pourquoi pas d'un peu de mascara et de gloss ? Je me remémore cependant mon accoutrement relâché, ma queue-de-cheval sommaire et mon visage négligé. Sans mon attirail, je me sens exposée. La maxime « L'attaque est la meilleure défense » me vient à l'esprit.

— Alors c'est ton œuvre ? Qu'est-ce que tu as enterré ici ?

La fille me lance un nouveau regard éloquent. Comme si elle me jaugeait. Je m'attends à ce qu'elle m'ignore. Cette fois, j'obtiens ma réponse.

— Tu le sais très bien.

Puis elle passe devant moi à grandes enjambées. Muette, je vois mon jeune homonyme s'agenouiller près d'une croix et la redresser délicatement. Ses paroles résonnent à mes oreilles. Soudain, tous les éléments se mettent en place. Ses amis terrifiants. Le couteau ensanglanté. L'animal torturé. Ma voix est rauque.

— Dans laquelle de ces tombes as-tu enterré l'écureuil ? À moins qu'il ne soit encore sur l'île ?

La fille ne se retourne pas, mais j'avise sa main qui tremble sur la croix.

— Non, marmonne-t-elle. Je suis allée le ramasser.

Elle se redresse, les yeux toujours rivés sur la tombe. Tout son corps crie « ici ». C'est sous ce monticule de terre que gît ce pauvre animal. Je déglutis péniblement, observant la triste rangée de croix. Celle de l'écureuil est l'avant-dernière. Une pensée effleure mon esprit, mais s'efface quand la fille prend la parole.

— C'est moi qui ai fait la croix. Je viens de temps en temps pour… les regarder. Quand personne ne fait attention. En général, très tôt le matin, comme aujourd'hui. Personne ne doit savoir. Ce serait…

Elle se tait. Je ne la presse pas. « Personne ne doit savoir. » Je reconnais ce mantra. « Personne » ne désigne pas des étrangers, mais, au contraire, l'entourage le plus proche. La famille. Les amis. L'amant.

— C'est que des animaux. De la fourrure et des tripes. Pourtant je peux pas m'empêcher de… je peux pas les laisser comme ça. Je préférerais mourir aussi.

Elle prononce ces derniers mots avec emphase. Ceux qu'elle tait font trembler sa voix. Je remarque qu'elle serre les poings. Une part de moi voudrait lui poser la main l'épaule. Je me retiens.

— Pourquoi faites-vous ça ? Que gagnez-vous à torturer et tuer des animaux innocents ?

Avant qu'elle ait pu répondre, un déclic se produit dans ma tête. Je revois le visage excité d'Alex penché sur moi, la veine distendue qui palpite sur sa tempe. Il m'a retiré le veston et ma culotte, cette partie du jeu de rôle est terminée. Je suis étendue nue sur le grand lit du cottage, attachée aux montants. Alex me caresse, pince mes mamelons avec rudesse. Il soulève la cravate qui repose entre mes seins et la fait courir entre ses doigts. Puis il place les mains sous le nœud. Et il tire. D'abord doucement, puis de plus en plus fort. Jusqu'à ce que mes protestations cessent. Jusqu'à ce qu'un feu s'allume dans ma poitrine où l'air commence à manquer. Plongeant ses yeux dans les miens, il y lit ma terreur. Alors, il sourit. Et serre encore.

Je m'exclame :

— Le pouvoir ! C'est pour le sentiment de pouvoir.

La fille me jette un regard vide.

— Qu'est-ce que t'en sais ? Tu comprends rien à rien.

Sa façon de me traiter systématiquement comme une débile profonde m'indigne, mais mon irritation se calme vite et je prends conscience de mon immense fatigue. La hache me glisse des mains et tombe sur la mousse avec un bruit sourd.

La fille contrôle les tombes une à une, redressant ici une croix, brossant là les aiguilles de pin et brindilles. Enfin, elle s'arrête devant la dernière de la rangée, à côté de celle de l'écureuil.

— Comment sais-tu où j'habite ?

Haussant les épaules, elle répond sans se retourner.

— C'était pas bien difficile à deviner. On voit vite quelles maisons sont occupées. Et tu as décrit en gros où se situe ton cottage.

— Que faisais-tu dans mon jardin l'autre nuit, si tu ne venais pas demander de l'aide ?

Elle ne se donne pas la peine de nier. Ni de m'éclairer. Le silence grandit entre nous. L'agacement me reprend.

— Dis quelque chose, à la fin ! Explique-moi pourquoi tu étais là !

Pas de réponse. Furieuse, je la rejoins en deux pas et la saisis par le bras, l'obligeant à me faire face. Pendant une seconde, je crois qu'elle pleure, mais je ne vois aucune larme sur son étroit visage chiffonné.

— Pardon, souffle-t-elle.

Je plisse le front.

— Qu'y a-t-il à pardonner ?

Elle tend la main et caresse maladroitement le sommet de la croix en bois devant elle. Puis elle me regarde, avec intensité. Mes oreilles se mettent à bourdonner. Le sol tangue sous mes pieds et le sang me bat aux tempes. En vacillant, je m'approche d'un arbre déraciné et m'assieds lourdement dessus, agrippant des deux mains l'écorce rugueuse. La croix… la tombe…

« Tu le sais très bien. » En effet. Et j'ai envie de hurler.

Smilla, ma jolie petite Smilla. Je suis désolée.

31

Aucun son ne sort de ma gorge. Ni accusations ni lamentations. Rien du tout. Je cherche les bons mots, en vain. Finalement, d'autres franchissent d'eux-mêmes mes lèvres.

— Tu m'as demandé ce que je faisais ici…

La fille acquiesce en silence, attendant que je poursuive.

— J'ai répondu que j'essayais de retrouver un chat.

Nouveau hochement de tête.

— Dois-je comprendre… que tu as trouvé ce chat près du cottage et que tu l'as emporté ?

— Oui.

Mes sens se troublent et s'aiguisent en même temps.

— Et ensuite…

Encore une phrase que l'adolescente n'achève pas à ma place. Cette fois je me tais moi aussi. Sa main effleure la croix la plus récente. Mon regard s'abaisse vers la tombe et j'imagine l'animal noir et blanc qui y repose, les souffrances qu'il a endurées avant de mourir. Je voudrais repousser la vérité, fermer les paupières, mais je redoute les images qui risquent de m'assaillir. Des corps torturés flottant comme des voiles sanglantes dans le vent. Non ! Je m'assène une gifle vigoureuse pour m'obliger à relever les yeux et fixe la fille d'un air de défi.

— Tu mens !

Elle me regarde un instant, puis, sans un mot, elle fouille dans la poche de son pantalon avant de tendre le poing. J'ouvre la paume et elle y dépose un mince objet rose. Le collier de Tirith. Ma vision se brouille, le sol se rue vers moi, j'ai l'impression d'errer dans la brume. Ce n'est qu'une fois certaine que ma voix est assez stable que je me tourne vers l'adolescente.

— Il s'appelait Tirith. Il appartenait à une fillette de quatre ans qui l'aime énormément.

Je tiens à ce que cette gamine maigre et farouche le sache : l'animal qu'elle a livré de sang-froid à des mains sadiques avait un nom et une famille, et sa maîtresse sera dévastée par sa perte. Mais tandis que j'observe le masque rigide qu'est son visage, j'en viens à penser que, peut-être, ce genre de détails n'a aucune valeur pour elle. Je change d'approche.

— Nous étions liés par le sang. Mon sang.

Je n'explique pas comment Tirith avait nettoyé la plaie dans ma paume de sa langue râpeuse. Si la fille me croit folle, je m'en moque. Quelque chose par terre attire son attention. La hache. Gisant plus près d'elle que de moi. Elle pose avec vivacité le pied dessus, puis la ramasse et la glisse dans son pantalon.

— Écoute ! lance-t-elle en croisant les bras. C'est Jorma qui a décidé qu'il fallait qu'on se venge.

Un rire sans joie m'échappe. On dirait un rire de démente. Se venger ? C'est complètement absurde.

— Il est fou ? Vous êtes tous malades ? Qu'est-ce que je vous ai fait, à la fin ?

Elle roule les yeux, comme pour me prier de ne pas me faire plus bête que je ne le suis. Puis elle se détourne en se mordillant la lèvre.

— Je croyais que Jorma se calmerait quand on l'a récupéré. Qu'il passerait l'éponge, en quelque sorte. J'ai essayé de me débrouiller pour qu'il t'oublie, mais il… quand il est de cette humeur, il a plus de limites. Des fois, j'ai même l'impression qu'il serait capable…

S'interrompant, elle me jette un coup d'œil embarrassé. Comme si elle avait trop parlé.

— J'espérais que s'il mettait la main sur ton chat, ça lui suffirait.

Je secoue la tête, lasse.

— Je n'ai pas la moindre idée de ce dont tu parles.

Elle me dévisage d'un air découragé, comme si j'étais à côté de la plaque. Au bout d'un long moment, elle semble tout de même comprendre que ma confusion n'est pas feinte. Avec un profond soupir, elle s'assied un peu plus loin sur le tronc d'arbre, balançant ses pieds enfermés dans de solides bottes en cuir.

— Le bateau. C'est pourtant clair, enfin !

Elle me scrute du regard, mais non, je ne comprends toujours pas.

— C'est nos bateaux ! insiste-t-elle en accentuant le possessif.

Je me remémore la barque et le vieux bateau à rames blanc. Le plancher maculé de sang, la masse rouge. La fille poursuit ses explications. Est-ce parce que j'ai si mal dormi et si peu mangé depuis l'autre soir ? La grossesse chamboule-t-elle à ce point mon équilibre physique et psychique ? Ou bien est-ce mes efforts désespérés pour retrouver la trace des deux disparus qui m'entraînent dans ce brouillard épais ?

J'ai un mal fou à voir où mènent ses révélations. À moins que mon cerveau ne tente de se protéger contre la lumière sur le point de l'irradier. Ça ne peut pas être vrai… Seules des bribes me parviennent : « La dernière fois… restait… disparu… retrouvé… l'autre côté du lac… Jorma… c'était toi… vengé… »

Au loin, un grondement monte. De plus en plus fort, me contraignant à me couvrir les oreilles. Peine perdue. Le monde vacille, si longtemps que je pousse un hurlement. Quelqu'un écarte mes mains avec délicatesse. Un visage s'approche du mien. Je ne distingue pas les mots que forment les lèvres, mais la voix est étonnamment douce. C'est la fille, Greta, qui s'est agenouillée près de moi. Elle psalmodie des paroles de réconfort en me caressant le dos. Enfin, le grondement se tait. Ma gorge est sèche d'avoir crié et mon corps épuisé. Nous restons là en silence. Puis nos regards se croisent, et je lui avoue tout.

Quand, enfin, je conclus mon récit, le soleil s'est hissé au-dessus de la cime des arbres et il fait chaud. J'enlève l'anorak en le passant par la tête et essuie la sueur de mon front. Greta tire lentement la hache de la ceinture de son pantalon et me la rend.

— Je suis désolée, dit-elle. J'aimerais pouvoir faire quelque chose.

— Alors quitte-le. Maintenant. Avant qu'il ne soit trop tard.

Elle a un faible sourire.

— Tu vas être une maman géniale.

Soudain, je l'entends. Mon portable. Comme mille fois avant, mes mains tâtent l'extérieur puis l'intérieur de l'anorak, tirent d'un coup sec sur la fermeture à glissière et les boutons. Pourtant, c'est différent. Car à présent je sais. En réalité, je l'ai toujours su.

Je plaque le téléphone contre mon oreille. Cette fois, une voix s'élève. Ferme, pleine d'assurance, masculine.

— Salut, Greta, c'est Alex. Je t'ai manqué ?

32

Le soir où nous sommes descendus au lac. Moi, quelques pas en retrait, les yeux rivés sur les jambes minces de Smilla sous la robe en coton rose. Elle débordait tant de vie qu'elle ne pouvait avancer qu'en bondissant. La vue de ces deux jambes de fillette m'avait rappelé le film qu'Alex avait tenu à regarder quelques jours plus tôt. Un drame sombre, d'une cruauté obscène, sur les ravages d'un meurtrier pédophile. Sans aucun doute un des plus répugnants que j'aie vus. Quand la caméra avait zoomé sur les jambes blêmes d'une fillette, dépassant de dessous un buisson, je n'avais pas pu réprimer plus longtemps mes haut-le-cœur. Je m'étais ruée à nouveau dans la salle de bains pour vomir.

À mon retour, Alex était absorbé par le film, il avait à peine levé les yeux lorsque je m'étais assise tout au bout du canapé, le dos raide. Je ne lui avais pas encore parlé du bébé. Une part de moi espérait qu'il finirait par remarquer ma nausée persistante et en tirerait les conclusions qui s'imposaient. En vain. Il n'avait appris la nouvelle qu'à Marhem, quand j'avais eu la force de la lui annoncer. Seulement quelques heures avant l'arrivée de Smilla, quelques heures avant qu'étendue sans trouver le sommeil je décide de garder le bébé. Et de quitter Alex.

Quand je lui en avais fait part, le lendemain matin, il ne m'avait pas prise au sérieux. J'aurais dû faire ma valise et partir sur-le-champ, mais quelque chose m'avait retenue. Voulais-je éviter de provoquer une scène désagréable devant Smilla ? Avais-je été simplement choquée par la réaction d'Alex ? Quelle que soit la raison, j'étais restée. Et après le dîner, je les avais suivis jusqu'au lac. Sur le ponton, il s'était tourné vers moi. Le soleil bas formait une auréole rouge sang au-dessus de sa tête. Il avait souri.

« Ravi que tu aies changé d'avis. »

En moi, il n'y avait qu'une seule réponse, évidente. Je n'avais même pas eu besoin de rassembler mon courage pour la donner.

« Je n'ai pas changé d'avis. »

Nous avions ensuite débarqué sur l'île et il avait disparu sans laisser de traces. Se terrant. Je l'avais cherché pendant plusieurs jours, j'avais essayé, sans succès, de le contacter. Et voilà qu'Alex était de retour. À l'autre bout, sa respiration est égale, satisfaite. De toute évidence, il a réussi à m'amener exactement là où il voulait. Je sens qu'il attend une réaction de ma part, mais je n'arrive pas à prononcer le moindre mot.

— Muette de soulagement, on dirait, finit-il par lancer. Tu es toujours à Marhem ?

Je lui réponds que oui. Je suis à deux doigts de lui retourner la question quand je me dis que je dois d'abord m'assurer d'une chose.

— Comment va Smilla ? Elle n'est pas blessée ? Tu n'as quand même pas…

Je ne peux pas achever ma phrase. La peur, le doute qui me tourmentent depuis leur disparition. Le soupçon absurde, indicible. La crainte absolument infondée. Du moins d'après le peu que j'ai vu de leurs jeux. Alex, s'en prendre à Smilla ? Diriger vers elle sa colère, ses penchants, à défaut de sa cible habituelle ? J'ose à peine le croire. Et pourtant, c'est la raison pour laquelle je suis restée pour les chercher ; le fardeau que je porte sur mes épaules ne s'allégera qu'avec la certitude que Smilla est saine et sauve.

Je pense aux paroles du vieil homme qui disait avoir aperçu Alex et Smilla. « En colère. Ou bien terrifié. Difficile à dire. » Même si je ne savais pas quelle foi leur accorder, c'étaient ces mots qui m'avaient incitée à me rendre au poste de police. Pour Smilla. Je n'ai jamais vu Alex effrayé. D'ailleurs, j'ai du mal à l'imaginer ainsi. Mais je ne connais que trop bien sa rage profonde, les actes qu'elle peut le pousser à commettre.

Alex écarte le téléphone de son oreille et s'adresse à une personne dans la même pièce d'un ton encourageant. « Tu vas bien, hein ? Tu veux bien le dire ? » Près de lui, Smilla répond avec un étonnement enfantin :

— Je vais bien.

Je ferme les yeux et l'image des jambes de fillette sous un buisson s'efface enfin.

— Avec qui tu parles, papa ?

Smilla a beau n'avoir que quatre ans, on perçoit nettement la vigilance dans sa voix. Tandis que j'écoute Alex inventer des excuses à propos d'un vieil ami, mon sentiment de culpabilité se réveille. J'ai déboulé d'une manière si brutale dans la vie de cette petite fille. Je revois l'expression butée sur son visage lorsque Alex tentait de me convaincre de les suivre à terre. Son regard quand, avec une ironie qui avait dû la dépasser, Alex avait appelé cela « une sortie en famille, chérie ». Elle voulait son papa pour elle toute seule. Elle n'avait aucune envie de le partager avec une étrangère.

Me levant et jetant un œil alentour, je constate que la jeune Greta toute de noir vêtue a quitté la clairière ; elle m'a abandonnée dans un cimetière animal primitif avec une hache pour toute compagnie. À des lieues de là, Smilla semble peu encline à laisser son père reprendre cette conversation suspecte. « Papa en a juste pour un petit moment. En attendant, pourquoi ne joues-tu pas à ce jeu que tu aimes tant sur la tablette de papa ? Oui, celui avec la fille qu'on peut habiller de différentes tenues. »

Puis j'entends un cliquètement, sans doute une porte qu'on ferme, et le calme revient. Plus de Smilla pour surveiller jalousement son papa. Tripotant la hache, je prends une grande inspiration.

— Raconte-moi. Que s'est-il passé sur l'île ?

Et il raconte. Smilla avait commencé à se lasser de l'aventure, quand ils avaient débouché sur un campement rudimentaire de l'autre côté de l'île. Ils y avaient trouvé une barque au plancher couvert de ce qui ressemblait à du sang séché. Smilla avait refusé d'y monter, mais il l'y avait assise lui-même, expliquant qu'ils allaient me faire une farce, qu'elle devait demeurer parfaitement silencieuse. Puis il avait ramé jusqu'à la rive opposée.

Je frissonne malgré la chaleur. Je me remémore le bateau blanc à rames. La voix menaçante de Jorma répète dans ma tête : « C'est pas toi qui as volé un truc à nous, des fois ? » Puis elle se transforme et j'entends la jeune Greta. « Je croyais que Jorma se calmerait quand on l'a récupéré. Qu'il passerait l'éponge. »

— Et après ?

— Ah ! après…

Ils avaient traversé la forêt, guidés par la rumeur de la route, et ils avaient découvert qu'un bus pour la ville passait à peine quinze minutes plus tard. Une chance inouïe. Smilla avait dormi pendant la plus grande partie du trajet. À la gare, ils avaient pris un taxi.

À présent, je connaissais toute l'histoire.

Je caresse d'une main tremblante l'anorak posé sur l'écorce. Ils sont chez eux. Depuis le début. Alors que l'abîme sous mes pieds menaçait de m'engloutir, Alex et Smilla étaient sains et saufs. Il m'a eue sur toute la ligne. Je secoue mollement la tête. Je le savais, au fond. Mais savoir est loin de signifier comprendre. D'une voix faible, je demande :

— Pourquoi m'as-tu fait ça ?

La réponse claque comme une gifle.

— Tu n'as toujours pas deviné ?

Sans un mot, je fais signe que non. À l'autre bout de la ligne, Alex semble percevoir ce geste.

— Je voulais voir comment tu réagirais. Si tu te tirerais tout de suite. Ou si tu nous chercherais.

J'ai besoin de me rasseoir. Je tremble de tout mon corps. Si fort que je dois plaquer mon téléphone contre l'oreille pour ne pas le lâcher.

Mon mobile. Je l'avais retrouvé dans le lit d'Alex. Avait-il atterri là par accident ou Alex l'y avait-il caché ? Planifiait-il déjà, plusieurs heures avant notre excursion sur l'île, de me mettre à l'épreuve ?

— Tu avais éteint ton téléphone.

— Où aurait été le défi si tu avais réussi à me contacter tout de suite ?

Un grondement s'élève en moi. Est-ce pour cette raison que ces derniers jours il avait commencé à m'appeler sans se révéler ? Pour augmenter la tension, la difficulté du « défi » ? Mais lorsque je l'interroge, Alex nie obstinément avoir passé ces coups de fil. Quand je m'entête, il s'énerve.

— On s'en fout. L'important, c'est que tu sois restée. Tu as réussi le test.

Le vertige m'emporte comme un tourbillon, me coupant les jambes. Je ne me suis jamais évanouie, mais je devine que c'est à cela que doivent ressembler les secondes qui précèdent la perte de connaissance. Le chaos en moi, les ténèbres où je sombrais lentement, tout cela n'était donc rien de plus qu'un test ?

— Tu ne vois pas que c'était pour ton bien ? Les bêtises que tu as dites... Je voulais te donner une chance de te raviser. Te montrer que tu ne peux pas vivre sans moi.

La cravate en soie noire autour de mon cou. Les mains d'Alex qui resserrent le nœud. Les miennes attachées, mon corps qui s'arque dans une tentative pour se dégager. Mon regard qui se brouille, mes poumons menaçant d'exploser. Je suis certaine qu'il va m'étrangler. Pour de vrai. Et à l'instant même, il me lâche. Je respire à nouveau. « Tu ne peux pas vivre sans moi. »

Tout s'écroule. Il ne subsiste que la vérité, aussi inconfortable que le tronc sur lequel je suis assise. Avec cette épreuve, Alex a sciemment sapé les fondations déjà vacillantes de ma vie. « C'était pour ton bien ». La brise souffle dans la clairière, entourant ma gorge d'une main glaciale. De tous les abus qu'il m'a fait subir, celui-ci est le pire.

Tant bien que mal, je me lève, abandonnant l'anorak sur mon siège de fortune. La hache à la main, j'avance entre les arbres sans voir plus loin que quelques mètres devant moi. Les branches me griffent les joues, mais j'ai à peine conscience de la douleur. Je m'entends demander :

— Et le bébé ?

— Quel bébé ?

— Le bébé que je…

— Il n'y a pas de bébé. Tu le sais, Greta.

Voilà ce qu'il attend de moi : que nous ne soyons que tous les deux. Avant que l'envie le reprenne de jouer avec ma vie. Car il recommencera, cela ne fait pas l'ombre d'un doute. Utilisera-t-il encore la cravate ou un instrument complètement différent ? Tout ce dont je suis sûre, c'est qu'il ira un peu plus loin. Et encore un peu plus la fois suivante. Il ne relâchera pas sa prise avant que je capitule. Peut-être même si je capitule.

À l'autre bout, Alex énumère les vêtements et jouets que je dois aller chercher au cottage. Il ne peut naturellement pas venir lui-même, mais il passera chez moi dès que…

— Non !

— Non ?

— Non.

Je pense au puits qui m'est apparu dans les eaux sombres du Cauchemar. S'il avait existé, j'aurais pu l'y pousser. C'est ce que m'ont appris ces derniers jours. Soit on ploie sous les coups. Soit on les rend. Et Dieu m'est témoin, je suis la fille de ma mère. Je le sais désormais.

— Je te quitte, Alex. Je suis plus décidée que jamais. Et si tu as le malheur de t'approcher de moi, je jure que je te tue !

De longues secondes s'écoulent avant qu'Alex retrouve l'usage de la parole.

— Comme tu as tué ton père ?

— Exactement.

J'entends une nouvelle nuance dans sa voix. Un tremblement.

— Tu en serais capable ?

Je laisse le silence répondre pour moi. Puis je coupe la communication. Le téléphone dans une main, la hache dans l'autre, je me fraie un chemin entre les arbres. De toute évidence, Alex n'a rien compris me concernant. Rien du tout.

33

Je file dans la forêt comme une flèche. Il n'y a pas d'autre mot. Les branches sèches qui s'avancent m'éraflent les joues et le front. Quelque chose de chaud et poisseux me coule dans l'œil. Dans mon champ de vision, un tremblotement s'amplifie. Quand je débouche enfin sur le sentier forestier, j'ai la sensation que tout mon corps tangue, comme si je me trouvais sur une mer démontée.

Mes jambes se meuvent d'elles-mêmes. Je me laisse porter sans savoir si je vais dans la bonne direction. Du reste, y en a-t-il une ? Quelque chose ou quelqu'un vient à ma rencontre. Mes poignets sont crispés, douloureux. Même si je les distingue à peine, je sais qu'ils sont là, le portable et la hache. À présent, ils sont le prolongement de mon corps, je ne les lâcherai pas, quoi qu'il se produise.

La masse de pelage foncé s'approche en souplesse de moi. Je m'immobilise. Est-ce qu'elle existe vraiment ? Et si voir des créatures irréelles et ne pas pouvoir assimiler les événements réels étaient les deux faces d'une même médaille ? Le sort de mon père, la séquence qui m'échappe. Est-ce ma mémoire ou mon entendement qui défaille ? La bête est tout près maintenant, je tremble lorsqu'une chose froide et humide se pose sur le dos de la main. Un contact simple, mais clair. La truffe d'un chien. Soudain, le voile qui masque la réalité se déchire. Tout ce qui me fait défaut, c'est la volonté de reconnaître ce qui est arrivé à mon père. L'influence que cela a sur moi. Mes yeux se remplissent de larmes.

— Pardon.

L'animal recule en se léchant les babines. Puis il lance un aboiement confus. Il appelle manifestement son maître, qui nous rejoint.

— Tiens, bonjour, dit le propriétaire de la maison brune.

Les explications d'Alex résonnent dans ma tête. Je bredouille à l'intention de l'homme :

— Vous les avez vraiment vus. En promenant votre chien.

Mon apparence lui coupe le souffle. Il rappelle l'animal. Une vague de nausée me submerge, suivie d'une vive douleur dans la région du ventre. Comme un coup de poignard. Je chancelle. Une voix retentit, inquiète et méfiante. Avant que j'aie pu répondre, un nouvel élancement se fait sentir et je tombe presque à genoux. Une pensée fugitive me traverse. Je ne peux pas perdre le bébé ! Pas ça.

Je me force à me remettre en mouvement. Mais l'homme me barre le chemin. Ses traits sont flous, sa voix est anxieuse. Quelque chose me serre l'épaule. Sa main ? Essaie-t-il de me retenir ? La panique s'approche sournoisement, décuplant mes forces. Des cris de rage résonnent dans la forêt. La gorge me brûle. C'est moi qui pousse ces hurlements. Puis la revoilà, la main qui veut me capturer. Je me dégage d'un geste brusque et lève le bras, celui qui tient la hache.

Le vent mollit, le monde s'arrête et je n'entends plus que les jappements plaintifs du chien. L'homme s'écarte. Non, il part. Peut-être même s'enfuit-il. Ce n'est que quand il a disparu avec son compagnon que je comprends que l'homme ne cherchait pas à m'attraper, mais à me repousser.

Je parviens enfin au cottage. En chemin, mon état a empiré. Les crampes dans mon ventre se sont calmées, toutefois la douleur s'est déplacée vers les reins, lancinante. J'ai du mal à respirer. Je titube vers ma voiture et m'appuie à la carrosserie. Elle n'est pas verrouillée ; je m'affale sur le siège du conducteur. Ma tête est en flammes. Les scintillements sur ma rétine sont devenus des éclairs. Impossible de conduire dans cet état. Je vais finir dans le fossé. Ou m'écraser contre une paroi rocheuse.

Il n'y a qu'une solution : rejoindre à pied la route et monter dans l'un des bus qui desservent Marhem. Comme l'ont fait Alex et Smilla. Je me masse le front. J'ai toujours du mal à assimiler ces dernières révélations. Au ralenti, je tourne les yeux vers la maison. Je songe aux vêtements et affaires de toilette qui s'y trouvent, à tout ce que je devrais emporter. Cette simple pensée me coûte des efforts énormes. Je ne suis pas certaine d'avoir l'énergie de descendre de voiture. Une nouvelle vague de vertige déferle. Autour de moi, les contours du décor se troublent. Je n'y arriverai jamais.

Mes bagages devront rester ici. Mais il faudrait au moins que j'emmène le chat quand je… L'image d'une petite croix en bâtons s'impose brutalement à moi. Un fin collier rose. Les aveux de la fille en noir me frappent à nouveau. Tirith n'est pas dans le cottage. Il ne reviendra jamais. Qui va l'annoncer à Smilla ? Smilla, qui sent les pommes et la vanille, qui aime les princesses et les Barbie. Smilla qui adore son père.

Mon visage s'écrase sur le volant. L'avertisseur émet un bref signal, monotone, d'une infinie tristesse. Une mise en garde suppose un émetteur et un récepteur, or il n'y a personne pour l'entendre. Sans cette réciprocité, elle perd toute signification. Exactement comme ma vie.

Mes pensées retournent au dernier soir, aux mains nouées de Smilla et d'Alex sur le sentier du ponton. L'envie que j'avais ressentie en les voyant est encore présente. Pourrai-je avoir cela dans quelques années ? Une main chaude dans la mienne, une petite personne babillant avec enthousiasme à mon côté ? Ou est-ce que je me laisse aveugler par ce désir renaissant de proximité ? Mon héritage, celui que je vais transmettre à mon enfant, risque-t-il de tout gâcher ? Oh ! maman, dis-moi si le résultat en valait la peine.

À cet instant précis, elle m'appelle. Je regarde fixement le téléphone, que j'ai jeté sur le siège du passager avec la hache. Maman ? La dernière fois que nous avons discuté, je lui ai raccroché au nez. Je ne lui ai pas parlé depuis près de deux jours. En réalité depuis plus de vingt ans. Mes tempes battent. Ce que j'espérais d'Alex, ce que je n'ai pas obtenu. Je soulève le petit appareil brillant et lance sans réfléchir :

— Je ne veux plus être seule.

34

Je suis encore à Marhem, dans le cottage. Je suis allée me coucher tout habillée, couverture remontée jusqu'au menton. J'ai même tiré sur moi la deuxième du grand lit. La sienne, à lui qui ne dormira plus jamais à mon côté. « Si tu as le malheur de t'approcher de moi, je jure que je te tue. » Je claque des dents, mais je hoche tout de même la tête avec emphase pour moi-même. Oui, j'en suis capable. Pendant toutes ces années, j'ai repoussé cette pensée, celle qui me hantait dans l'obscurité, essayant de me persuader que je ne suis pas « comme ça ». Peine perdue. Je le sais maintenant.

Malgré les deux épaisseurs de duvet, la fièvre secoue mon corps de tremblements. La lumière du jour agresse mes yeux rendus sensibles par une violente migraine. Il me suffirait d'aller baisser le store, mais je ne trouve pas la force de me lever. Maman, dépêche-toi ! Elle avait réagi avec un tel calme que j'avais craqué au téléphone. Elle m'avait demandé où j'étais et, quand je lui avais décrit la route dans les grandes lignes, elle avait déclaré :

« Ne bouge pas. Je viens te chercher.

— Tu mens. J'ai attendu une éternité, et toi… tu n'es jamais venue. »

Les souvenirs tourbillonnaient dans mon esprit surchauffé : moi assise par terre au pied de mon lit, les allées et venues des gens en uniforme, la visite de Ruth. Et la porte de la chambre qu'avaient partagée mes parents, qui était demeurée si longtemps fermée.

Maman avait gardé le silence une seconde de trop. Néanmoins, quand elle avait repris la parole, sa voix était différente. Comme si elle avait retiré sa carapace.

« Cette fois, je viens. Tout de suite. Je te le promets. »

J'avais alors su que je pouvais la croire. La détermination est la première qualité de maman. Là-dessus, au moins, il n'y a jamais eu le moindre doute.

Mes paupières papillotent. J'ai dû m'assoupir un moment. Mes articulations sont douloureuses, la peau me brûle. Je suis bloquée ici, seule, malade et misérable. Tirith est mort. Alex et Smilla ont réapparu. Je n'ai plus de raison de veiller.

Avec envie, j'élance mon esprit vers le sommeil qui reflue et le laisse m'entraîner à nouveau sur ses vagues. J'ignore combien de temps je reste étendue, tantôt coulant, tantôt émergeant à la surface d'une torpeur agitée. Je rêve que j'ai donné de mauvaises indications à maman, qui tourne en rond sans jamais arriver, sans jamais me trouver.

Un petit coup à la porte d'entrée me réveille. Il me semble d'abord lointain, irréel, mais lorsque je saisis que ce n'était pas un rêve, je suis tout d'un coup parfaitement alerte. Maman ! Elle est là. Tout va s'arranger.

Je suis toujours épuisée, mais au moins, cette fois, mon corps obéit. Je suis obligée de me lever. Maman n'a pas la clé, et malgré mon état pitoyable j'ai eu la présence d'esprit de verrouiller derrière moi. Je me souviens d'avoir eu le pressentiment d'une menace qui approchait. Je me traîne jusqu'au vestibule, fronçant les sourcils. Quelle était cette menace ? D'où venait-elle ? De qui ? Ça m'échappe.

Je suis devant la porte d'entrée. Songeant à la personne de l'autre côté, je tends la main vers le verrou. Elle tremble. Que m'arrive-t-il ? C'est simplement la fièvre. Je déverrouille et entrouvre avec prudence le battant.

— Maman ?

Ce n'est pas elle. C'est... je n'en crois pas mes yeux... ma psychologue. La femme blonde dont j'ai quitté le cabinet il y a plusieurs années. Dont les avertissements sinistres ont retenti dans ma tête avec un regain de force ces derniers jours. Sa coiffure et ses vêtements sont différents, mais je la reconnais sur-le-champ. Je suis toujours en train de rêver. Il est impossible qu'elle se trouve là pour de bon, sur le perron du cottage d'Alex. La rame qu'elle tient à la main rend la scène encore plus absurde.

Hébétée, je me demande ce que signifie son apparition. A-t-elle un message pour moi ? Soudain, je redoute de me réveiller avant que le double onirique de ma psychologue m'ait révélé ce qu'elle est venue me dire. Je parle la première :

— Vous aviez raison. Tout ce que vous m'avez prédit s'est réalisé. Et maintenant ? Que dois-je faire ?

Elle me dévisage longuement de ses yeux bleus écarquillés. Puis ses paupières se plissent avec lenteur.

— Alors c'est toi ?

Elle élève la rame. Peut-être n'est-ce pas un rêve, après tout. Cela doit être la fièvre qui me fait délirer.

La psychologue pousse un cri strident, déchirant. Hystérique. Je sursaute. Cette voix. Dans un éclair de lucidité, je suis ramenée à la nuit de notre arrivée à

Marhem. La voiture garée devant le cottage. La personne qui est venue, la personne qui est partie. Smilla et la femme qui a hurlé. Smilla et sa maman. La femme d'Alex.

Je recule d'un pas à l'instant où un objet sombre fend l'air et s'abat sur mon épaule en heurtant mon crâne. Je bascule contre le mur et je lève la main, mais trop tard. Comme aveuglée par le brouillard, je sens mon corps s'écraser par terre. Puis tout devient noir.

35

Mon histoire débute et s'achève avec ma mère. Pour me comprendre, moi et mon récit, vous devez d'abord savoir cela. Au commencement, ma mère était mon univers et, selon ses propres mots, j'étais la lumière qui éclairait le sien. Sa voix était aussi douce que ses caresses sur ma joue. Souvent, elle me serrait fort contre son corps chaud, répétant que je serais toujours en sécurité auprès d'elle. Sa peau dégageait un agréable parfum de lavande quand elle me passait la main dans les cheveux. Le matin, elle se levait en même temps que moi pour préparer mon petit déjeuner, elle m'attendait quand je rentrais de l'école, elle me donnait mon bain avant le coucher. Chaque jour, chaque soir. Ni son travail, ni ses amies, ni ses autres passe-temps ne l'avaient jamais éloignée de moi. Je ne me souviens d'aucune occasion où elle n'avait pas été là lorsque j'avais eu besoin d'elle. J'étais la raison de tout ce qu'elle faisait. De toute ma vie, nul ne m'avait jamais autant aimée qu'elle.

Quand l'hôpital m'avait appelée pour m'annoncer qu'elle avait eu un accident de voiture, j'étais seule à la maison avec Smilla. Alex était allé à Marhem. Pour boucler tranquillement un gros projet, m'avait-il expliqué.

« C'est sérieux », avait insisté l'infirmière.

Un précipice s'était ouvert sous mes pieds et un autre dans mon cœur. Les premières années après avoir quitté le foyer, je m'étais sentie comme un oisillon tombé du nid. J'avais découvert que le monde était un endroit effrayant. J'avais suivi une formation de psychologue, dans l'espoir de comprendre pourquoi j'avais l'impression d'être un chat abandonné. Mais ce n'est qu'à la naissance de Smilla que le puzzle s'est assemblé. J'avais une mission. La maternité épanouie était ma vocation. Et ma mère était devenue plus qu'un point d'ancrage : mon modèle, mon principe directeur.

J'avais agrippé le téléphone, me devant de demander, redoutant la réponse.

« Sérieux comment ?

— Venez le plus vite possible. »

Smilla refusait d'aller où que ce soit sans Tirith et ses jouets, alors j'avais sorti le panier du chat et l'avait laissée mettre tout ce qu'elle voulait dans notre plus grande valise. La soirée d'août avait fait place à la nuit, resserrant ses murs sombres autour de nous sur la route de Marhem. J'avais conduit bien trop vite. Je voyais à peine à travers les larmes qui m'inondaient le visage. Les traces de ma mère, dans lesquelles j'avais marché, allaient être effacées de la surface de la Terre. Qu'allais-je devenir sans elle ? Comment allais-je supporter le fardeau de mon existence, le tour qu'avait pris ma vie ?

La voiture garée devant le cottage appartenait à une autre femme, je l'avais su tout de suite. Si, auparavant, j'avais fermé les yeux, cela m'était à présent impossible. Je n'avais pas averti Alex de notre arrivée avant d'être devant la maison. Peut-être, inconsciemment, voulais-je le prendre sur le fait. Quand il était enfin apparu, j'avais crié à gorge déployée. Comme si j'étais sur le point de perdre la raison. Ou l'avais-je déjà perdue ? C'est ce qu'Alex dirait. Ce genre de comportement ne ressemblait pas du tout à l'épouse qu'il avait façonnée. Qui était passé maître dans l'art de détourner le regard. Je ne me rappelle plus ce que j'ai hurlé. Peut-être n'était-ce d'ailleurs qu'un long cri, primal, né de la terreur de perdre ma mère. L'autre femme – toi – ne comptait pas. Dans l'immédiat.

La haine avait éclos plus tard, à l'hôpital. Pendant deux jours et deux nuits, j'avais veillé sur ma mère. Lui tenant la main, j'avais marchandé avec les puissances supérieures : si elle survivait, je promettais de… quoi donc ? Je n'avais rien à offrir en contrepartie. J'avais réfléchi. Quel sacrifice ma mère aurait-elle trouvé approprié ? Mais tout ce qui me venait à l'esprit était Smilla. La dernière chose qui avait encore du sens était de m'occuper de ma fille. Pour Smilla, je devais être prête à tout sacrifier. J'avais alors repensé à notre arrivée à Marhem. Smilla s'était jetée dans les bras d'Alex et avait pressé le visage contre sa poitrine lorsqu'il l'avait soulevée. Comme si elle cherchait une protection que lui seul pouvait lui offrir. Lui et la femme à l'intérieur du cottage. Notre cottage.

La haine m'avait envahie à ce souvenir, bouillonnant sous ma peau. Je ne savais pas contre quoi, contre qui diriger toute cette noirceur. Et ma mère était morte. Parfois – dans des moments de terrible souffrance –, je songe que ce ne sont pas les blessures de l'accident, mais cette haine qui lui a ôté la vie. Suintant de moi comme un poison, elle avait dû s'infiltrer dans la main que je serrais.

Quand j'étais revenue de l'hôpital, Smilla et Alex étaient rentrés. Nous n'avions échangé que quelques mots, dont je me souviens à peine. Je nageais en pleine confu-

sion, les limites de mon corps menaçant de se dissoudre. J'étais demeurée longtemps étendue dans la chambre à coucher, stores baissés. Ma mère m'avait abandonnée. Elle ne m'avait jamais enseigné comment me débrouiller quand elle ne serait plus là. Jour et nuit, lumière et ténèbres s'étaient amalgamées. J'étais comme anesthésiée.

Alex m'avait laissée me reposer. Dans ma torpeur, j'avais rêvé qu'il m'apportait un plateau de sandwichs et de thé, qu'il s'asseyait au bord du lit et me prenait dans ses bras. Mais à mon réveil, la chambre était vide.

Lorsque, enfin, mon regard s'était éclairci, il s'était posé sur un objet sur la table de chevet d'Alex. Son téléphone mobile. J'étais restée un long moment à le fixer. Puis j'avais tendu la main. Dans la liste d'appels, j'avais trouvé ce qui devait être ton nom et ton numéro. Et je t'avais appelée. Quand tu avais répondu, j'avais raccroché. J'avais recommencé plusieurs fois. En cachette d'Alex. Je ne disais rien, j'écoutais juste ta voix qui criait son nom à l'autre bout. En fermant les paupières, je pouvais t'imaginer devant moi, essayant de deviner qui tu étais et ce que tu planifiais. Or une chose imprévue s'était produite : tu m'avais hurlé des injures. J'avais reposé le téléphone et m'étais rendormie. Lorsque j'avais rouvert les yeux, il n'était plus là. Et j'avais décidé que cela suffisait. Je m'étais levée, habillée, et j'étais allée voir ma fille.

Nous étions assises par terre dans sa chambre quand j'avais senti un regard dans mon dos. Ma main s'était figée une seconde, puis avait continué à caresser les cheveux de Smilla. Je n'avais pas besoin de me retourner pour savoir quelle expression il arborait, appuyé au chambranle de la porte, les bras croisés.

« Ça y est, tu t'es calmée ? avait-il lancé. On peut passer à autre chose ? »

Je savais qu'il ne parlait pas de ma mère. Il ne l'avait jamais beaucoup appréciée. J'avais acquiescé lentement.

« Ça ne serait pas la première fois. »

C'était vrai. Mes paroles étaient dociles, comme il l'attendait. Mais je n'avais pas croisé son regard. Cela aurait pu être une protestation muette, si j'avais été du genre à me le permettre. J'avais serré les mâchoires, tâchant de me rassurer : il est revenu, cette fois encore. Il a rejoint mon côté. Cela doit compter pour quelque chose. Néanmoins, je ne pouvais me défaire du sentiment que ma vie allait voler en éclats.

Smilla était assise sur mes genoux, tout absorbée par un jeu de princesses sur la tablette. Au point qu'elle ne s'était pas aperçue de la présence d'Alex. Sans quoi, elle aurait bondi comme un ressort pour se jeter dans ses bras. Mon cœur s'était serré. Tu dois y arriver, m'étais-je dit, pour ta fille. La seule chose qui ait encore du sens.

« Quand il y a un enfant dans l'équation, il faut se ressaisir, avais-je déclaré. Rien d'autre ne compte. »

Je ne sais pas ce qui m'avait mis la puce à l'oreille. Un brusque mouvement dans mon dos ? Un signe d'agitation ou de malaise ? Ou était-ce le silence d'Alex, lui qui a normalement réponse à tout, qui m'avait incitée à me retourner.

Nous nous étions dévisagés et son regard m'avait tant alarmée que j'avais repoussé Smilla avec douceur pour me relever. « Quand il y a un enfant dans l'équation… » Une vague glaciale avait déferlé en moi. Je m'étais approchée de lui, implorante.

« Dis-moi que c'est faux. Dis-moi qu'elle n'est pas enceinte. »

J'avais remarqué qu'Alex avait son portable à la main. J'avais baissé les yeux vers l'appareil. Quelques instants avant de sentir sa présence, j'avais entendu la porte de son bureau s'ouvrir. N'avait-elle pas été longtemps fermée ? Que faisait Alex ? La réponse était évidente, pourtant je ne parvenais pas à l'accepter. Avec lenteur, mon regard était remonté vers le visage de l'homme que j'avais promis d'aimer dans la joie et dans la peine.

Il m'avait souri. Sa paupière avait tressailli. Un observateur étranger y aurait peut-être vu de la nervosité. Moi, je savais qu'il éprouvait tout le contraire. De l'excitation. Sa voix était douce, cependant.

« J'ai besoin de savoir jusqu'où tu serais prête à aller pour moi. Pour notre famille. »

Quand j'avais épousé Alex, j'avais dû quitter la maison de ma mère. Après la naissance de Smilla, j'avais commencé à travailler à temps partiel. Peu à peu, j'avais complètement arrêté. Je ne fréquentais plus mes anciens collègues et ne m'étais pas fait de nouveaux amis. Et jamais, jamais plus je ne l'avais contredit. Quelques leçons chèrement apprises au cours de nos premières années ensemble m'en avaient dissuadée. J'avais déjà tout abandonné. Ma vie sociale, mon travail, mon indépendance. Que me restait-il à présent ? Rien. Même ma mère avait disparu. Alex insinuait quand même qu'il y avait une chose que je pouvais faire. Tandis que lui… de nouveau… avec une femme… À Marhem, dans notre cottage familial.

J'ignore comment j'en étais venue à cela, mais je m'étais soudain dirigée vers la porte d'entrée. Alex m'avait suivie. Quand j'avais pris les clés de ma voiture sur la commode, il avait saisi mon bras. Me forçant à pivoter, il m'avait serrée fort contre son torse musclé, le regard rivé sur mes lèvres comme s'il voulait m'embrasser.

« Sans moi, tu n'es rien. »

Ces mots... Combien de fois me les avait-il crachés au visage ? J'ai perdu le compte. Ils m'avaient fait le même effet que d'habitude. Et pourtant, c'était différent.

Me dégageant, j'avais franchi la porte en coup de vent. Sans demander la permission ni dire où j'allais et quand je reviendrais. Je ne le savais pas moi-même. Dans ma tête, le temps avait cessé d'exister. Le véhicule avançait seul. Ce n'est qu'à la vue du panneau annonçant la sortie vers Marhem que mon entreprise m'était apparue clairement.

La voiture de la fois précédente stationnait encore devant le cottage. Ta voiture. Je m'étais garée juste derrière, puis j'étais allée me poster derrière la haie de thuyas. En l'espace de quelques jours, j'avais tout perdu. Non seulement ma mère, mais aussi ma famille, ma vie bien rangée. Frissonnante, j'avais fixé longtemps les murs en bois qu'on apercevait entre les branches des thuyas, en songeant à la femme à l'intérieur. Toi, qui n'avais pas pu me laisser vivre en paix dans mon petit bout de monde. Toi, qui avais fait irruption dans mon existence, qui l'avait brisée en mille morceaux sans hésiter. Le sentiment qu'un pan de ma vie allait s'effondrer s'était encore emparé de moi. J'avais regagné la voiture pour téléphoner. C'était Smilla qui avait décroché.

« Où tu es, maman ? Tu rentres quand à la maison ? »

Le chagrin était audible dans sa voix. Elle avait besoin de moi, sa mère. À quoi Smilla avait-elle été confrontée malgré moi ? Je devais absolument compenser mon absence de ces derniers jours. À ce moment, j'avais eu l'étrange sensation de m'élever plusieurs mètres au-dessus du sol. Comme si j'émergeais de ruines, secouant la poussière qui me recouvrait, plus forte que jamais. J'avais subi de lourdes pertes, mais je lutterais pour ce qui me restait. Ce qui m'appartenait.

J'avais dit à Smilla que je l'aimais, qu'elle était la lumière qui éclairait mon univers. Je lui avais expliqué que maman avait une petite chose à régler avant de revenir et qu'ensuite elle, papa et moi vivrions heureux jusqu'à la fin de nos jours. Puis je lui avais demandé de me passer Alex. Lorsqu'il avait pris le téléphone, je lui avais annoncé où je me trouvais.

« La réponse à ta question est que je ferais n'importe quoi, j'irais n'importe où. »

Ma voix était bien plus calme que mon cœur. Alex avait laissé passer un silence. J'entendais des raclements à l'autre bout, comme s'il caressait son portable du bout des doigts tout en réfléchissant.

« Le cottage est assuré, avait-il enfin lancé. S'il arrivait quelque chose, par exemple… un incendie, nous toucherions une jolie somme d'argent. Ce n'est pas inutile, comme information. »

La nuque raide, j'avais tourné la tête vers la maison. Et j'avais repris conscience du gouffre qui s'était ouvert dans mon cœur quand ma mère était morte. De la haine qui en jaillissait à flots. Je savais enfin où la diriger.

— Ce fameux projet que tu avais l'intention de boucler à Marhem. Je pourrais t'aider.

— Est-ce que c'est ce que tu veux ?

— Si toi, tu le veux.

— Tu ferais cela pour moi ?

— Pour nous.

Je raccroche et redescends de voiture. Je monte l'escalier et essaie d'ouvrir la porte, qui s'avère verrouillée. Je tâtonne sous les marches en marmonnant, sans trouver la clé. Je ne peux plus reculer. Sans Alex et Smilla, je ne suis plus rien, je n'ai plus rien. Mes yeux brûlent. Je me ressaisis ; je refuse de pleurer maintenant. Ce dont j'ai vraiment envie, c'est de te tordre le cou.

En serai-je capable ? Je ne l'aurais jamais cru, mais plus rien n'est comme avant. Même moi. Surtout moi. Mais peut-être me trompais-je. Derrière l'abri de jardin, il y a une vieille rame. Je vais la chercher. Puis je frappe à la porte.

36

Quand je reprends connaissance, je suis étendue sur une surface dure. J'ai encore la migraine, mais elle est plus intense et localisée qu'avant. J'éprouve une sensation cuisante dans le cuir chevelu.

Instinctivement, j'essaie de me palper le crâne du bout des doigts, mais impossible de bouger. Je m'aperçois alors que mes deux mains sont ligotées sur ma poitrine. Quand je tente de les dégager d'une secousse, une vive douleur me transperce l'épaule comme un coup de poignard. J'ai si mal que je suis à deux doigts de m'évanouir.

Un raclement se fait entendre non loin, suivi d'un murmure bas. Une ombre se meut à la limite de mon champ de vision. Peu à peu, les instants qui ont précédé les soudaines ténèbres me reviennent à la mémoire. La femme à la porte. Son cri. La rame.

Remuant avec précaution les poignets, je sens nettement la corde qui les entoure. J'ai le regard brumeux et le simple effort pour tourner la tête me cause une douleur déchirante. Où suis-je ? Je fais vite le lien entre le sol dur et les objets proches, l'ossature du canapé et les pieds d'une table basse : je suis dans le cottage, sur le tapis du séjour. À en juger par la brûlure intense que je ressens, elle m'a traînée jusqu'ici par les cheveux.

Lorsque j'entreprends de déplacer doucement mes jambes, je découvre sans surprise qu'elles sont elles aussi ficelées. En fermant les yeux, je sens encore davantage les élancements dans mon crâne et mon épaule. Une extrême faiblesse envahit mon corps. Même sans mes liens, je ne saurais me mouvoir, encore moins m'enfuir. Il n'y a rien que je puisse faire.

Le bruit de placards qu'on ouvre et referme me parvient de la cuisine. Un crissement, un tintement de verre, puis le clapotement d'un liquide. Des pas résolus qui se rapprochent.

— Tiens ! m'ordonne une voix dure. Bois !

Je m'oblige à ouvrir les yeux. Quand je réussis à focaliser mon regard, je distingue un verre d'eau dans une petite main pâle. Cette même main qui m'a un jour retenue par le poignet pour me forcer à écouter. « La prochaine fois que vous serez confrontée à un événement bouleversant, le même schéma se répétera. Vous irez de plus en plus mal. Et vous risquerez l'effondrement. Dans le pire des cas, cet état d'esprit peut avoir des conséquences désastreuses. Pour vous et votre entourage. » Mon ancienne psychologue et la mère de Smilla ne sont qu'une seule et même personne. Cela paraît totalement fou, mais c'est elle, l'épouse sans visage. Depuis le début.

Même si j'avais voulu obtempérer, j'en aurais été incapable. La femme soupire d'un air impatient, comme si je manquais vraiment de bonne volonté. Mais elle semble comprendre que je vais avoir besoin d'un petit coup de main, car elle pose le verre, m'empoigne par les bras et me hisse en position assise. Je pousse un cri de souffrance, dont elle ne se soucie pas.

Elle m'adosse au canapé, dans un équilibre précaire, en me secouant comme un sac de patates. Un objet inerte. Puis elle appuie le bord du verre contre mes lèvres.

— Allez, bois.

Assoiffée, j'ouvre la bouche. Aussitôt, ma gorge brûle. De l'eau-de-vie ! Dans un réflexe, je recrache le liquide, choquée.

— Que… pourquoi ?

Si j'ai du mal à contrôler ma langue pâteuse, les mots que j'arrive à émettre semblent délier la sienne.

— Je sais pour vous deux, Alex m'a tout avoué. Je suis même au courant pour le bébé. Tu es enceinte de lui. Tu dois te douter que je ne peux simplement pas tolérer ça.

Elle se penche vers moi et une odeur de shampoing me chatouille les narines. Un parfum doux, floral. L'odeur de Smilla.

— Allez. Avale ça tout de suite.

L'ordre résonne entre les murs lorsqu'elle approche le verre. Je la regarde dans les yeux. Ils sont bleu clair, leurs pupilles étrécies. Avaient-ils déjà cette dureté à l'époque, quand, depuis son fauteuil, elle m'écoutait patiemment raconter mes tourments en termes vagues ? À chaque question que je lui posais, elle répondait par une autre, ne révélant rien d'elle-même. Et la voilà de nouveau en face de moi, la femme d'autrefois, pourtant méconnaissable.

« Tu es enceinte de lui. Tu dois te douter que je ne peux simplement pas tolérer ça. » Elle ne cherche pas à m'enivrer. Nous nous dévisageons. La haine qui émane d'elle est presque palpable. Cette émotion se cachait-elle déjà, elle aussi, sous la surface composée ?

Je bafouille :

— Vous êtes... Vous disiez que...

Je dois à tout prix l'amener à me reconnaître, à se souvenir de moi, son ancienne patiente. Malgré mon hébétude, je suis consciente que je dois la forcer à me voir, au-delà de la maîtresse de son mari, comme quelqu'un dont elle avait la responsabilité, d'une façon ou d'une autre. Alors, elle sera dans l'impossibilité de me faire du mal, à moi et au bébé dans mon ventre. J'inspire, m'éclaircis la voix :

— Ma psychologue. Vous êtes ma psychologue.

Elle ne cille même pas.

— Vous vous souvenez de moi ? J'étais...

— Ferme-la et bois !

Soudain, je saisis qu'elle sait parfaitement qui je suis, mais que cela n'a aucune importance. Mon vœu le plus cher serait d'annuler tout ce qu'a dit ou fait Alex, d'effacer toute notre histoire. À la seconde. Je veux l'arracher de ma peau comme un sparadrap tenace, je me moque d'avoir mal ou qu'une partie de moi y reste collée au passage. Une partie de moi... ? Je déglutis. L'empreinte qu'il a laissée dans mon corps – si elle est autorisée à vivre – est de celles qui le rappelleront à mon souvenir pour l'éternité. Et pourtant. Lentement, je secoue la tête. Non, je refuse.

Une main brutale immobilise mon menton et écarte mes mâchoires de force. Avant que j'aie pu comprendre ce qui se passait, le contenu du verre s'écoule dans ma gorge. Je m'étrangle, je suis contrainte d'avaler pour respirer. Les larmes me montent aux yeux sous l'effet de la brûlure, exacerbée par la panique. Mes pensées se bousculent. La vie qui se développe en moi, je ne peux pas la laisser l'empoisonner. Au prix d'un immense effort, je dégage vigoureusement ma tête, et mon menton heurte le bord du verre, qui tombe par terre. L'instant suivant, plusieurs choses se produisent.

Réveillée par le mouvement, la douleur me transperce l'épaule, mordante comme l'acier. Le reste d'alcool se répand sur mon tee-shirt, me piquant la peau. Une main s'abat sur ma joue avec un claquement sonore, menaçant de faire exploser ma tête déjà assaillie par la migraine.

— Très bien, dans ce cas nous allons employer l'autre méthode, lance-t-elle en me repoussant par terre.

Mon corps craque de partout. Des lames chauffées à blanc me perforent le crâne et l'épaule. Mon champ de vision éclate en une multitude de prismes scintillants avant de s'assombrir sur les pourtours. Je n'ai plus qu'une pensée en tête : je ne dois surtout pas m'évanouir.

La psychologue se dirige vers la porte d'entrée. Et là, une autre pensée s'impose à moi. Si elle trouve la hache, je suis fichue. Je laisse échapper un gémissement. Je dois impérativement me relever, me défendre. Mais je ne peux pas bouger, ne serait-ce que pour m'étendre sur le côté. La résignation s'abat sur moi : finissons-en.

La femme claque la porte d'entrée derrière elle. Je n'entends pas la clé, mais cela ne fait aucune différence. Je suis clouée au sol. Tournant les yeux vers le plafond, je sombre derechef.

37

Un bruit de pas lourds. Quelqu'un qui marmonne : « Je suis sûre qu'il y avait un bidon d'essence dans l'abri de jardin. » Au milieu, j'entends maman, d'abord étonnée, prudente. Puis bouleversée. Elle s'interrompt en pleine phrase. Le silence s'éternise. Je reperds la notion du temps. Puis mes paupières s'ouvrent et je distingue une silhouette familière. Maman ! Tu m'as trouvée, tu es venue ! Je voudrais l'appeler, mais ma voix ne m'obéit plus. Je parviens tout de même à attirer son attention en remuant. Le souffle court, elle pivote vers moi. Elle est l'image même de l'inquiétude.

— Greta, je suis là, maintenant. Comment te sens-tu ?

Pourquoi ne se rue-t-elle pas vers moi ? Est-elle aussi attachée ? Mes lèvres forment des syllabes inaudibles.

— Je vous en prie, demande-t-elle en se détournant. Laissez-moi aller voir comment va ma fille.

— Alors vous dites que c'est votre fille ?

Les derniers mots sont lourds de mépris. Je suis le regard de maman et la vois, appuyée au mur, à deux mètres de la chaise qu'occupe maman. De longs cheveux blonds encadrant un visage de profil. Une simple robe bleue à fleurs et un gilet blanc. Une femme ordinaire.

Elle ressemblerait à n'importe quelle autre, n'était-ce l'objet noir qu'elle tient à la main. L'espoir que j'avais ressenti à la vue de maman fond comme neige au soleil. Elle a découvert la hache que j'avais achetée afin de me défendre. C'est pourquoi maman demande la permission de s'approcher.

— Laissez-moi la rejoindre.

La psychologue passe vivement la main dans ses cheveux. Ses doigts rencontrent un nœud ; elle les dégage avec des gestes saccadés. Elle semble confuse, indécise. Beaucoup moins sûre d'elle que lorsque nous étions encore seules.

— Et pourquoi vous laisserais-je faire ça ?

Elle s'attendait certainement à me tenir à sa merci dans le cottage. L'arrivée de maman a dû la déstabiliser.

— Est-ce que vous avez des enfants ? s'enquiert maman, la voix plus stable que jamais. Si c'est le cas, je sais que vous comprenez.

Quelques secondes s'écoulent. La psychologue paraît en proie à une lutte intérieure. Elle finit par brandir la hache devant les yeux de maman.

— D'accord, mais n'oubliez pas ce que j'ai là. Si vous tentez quoi que ce soit, je n'hésiterai pas à m'en servir.

Maman vient s'agenouiller près de moi.

— Ma chérie, que t'est-il arrivé ?

Elle prend avec délicatesse mon visage entre ses mains, palpant ma gorge de ses doigts frais. Elle ne peut retenir une grimace devant les marques laissées par la cravate d'Alex. Que pourrais-je lui répondre ? Puis je me souviens des branches qui ont griffé mes joues, de la plaie sur mon front, du coup de rame que j'ai reçu sur la tempe. De mon tee-shirt trempé d'alcool, de mon cuir chevelu douloureux et de mes mains et pieds liés. Les hématomes vieux de presque quatre jours sont sans doute le détail le moins spectaculaire de mon apparence. Maman se penche comme pour m'embrasser sur le front. Mais elle me murmure à l'oreille.

— Je ne savais pas qu'elle était là. Elle m'a pris mon sac et mon téléphone dès que…

Des pas rapides résonnent et une main relève brusquement maman. Tandis qu'on l'entraîne, elle invoque la « compassion entre mères ».

— Toutes ces ecchymoses et ces plaies… Ma fille a besoin de moi. En plus, elle est brûlante de fièvre. Vous devez au moins me laisser lui apporter un peu d'eau.

Ces mots me rappellent ma gorge à vif et ma tête en feu. J'ai une soif terrible. Mais la patience de la psychologue a atteint ses limites. Elle ramène maman sans ménagement à sa chaise.

— Je ne dois rien du tout, rétorque-t-elle froidement. Sauf en finir avec cette histoire.

Elle commence à s'affairer autour de maman.

— Inutile de m'attacher, déclare celle-ci d'une voix étouffée. Même si je libérais Greta, elle n'est pas en état de marcher. Et je ne partirai pas d'ici sans ma fille.

La psychologue hésite, puis elle hausse les épaules.

— Vous n'auriez pas dû venir, marmonne-t-elle. Je n'ai pas l'intention de laisser des témoins.

Un frisson me parcourt. Inquiète, j'essaie de bouger. La corde me scie immédiatement les poignets.

— Et qu'avez-vous l'intention de faire ?

La femme blonde ne répond pas. Le corps rigide, elle se cramponne à la hache. Mon regard est rivé sur le visage de maman. Une rangée de perles de sueur s'est formée au-dessus de sa lèvre. Maman tend avec lenteur la main vers l'instrument.

— Donnez-moi ça, avant de faire quelque chose que vous regretteriez.

Ce ton, contrôlé, autoritaire, je le connais si bien. Un autre frisson me court sous la peau. Non, maman, ne fais pas ça !

— Ce n'est pas ce que vous voulez, continue maman en tâchant de l'amadouer. Pas vraiment.

— Taisez-vous !

La psychologue fait un pas sur le côté, me cachant maman.

— Je sens que vous êtes une femme intelligente et raisonnable. Même si en ce moment vous êtes très en colère. Vous savez qu'il serait mal de vous en prendre à Greta.

Un malaise grandit en moi, enfle comme un hurlement. Un petit muscle tressaille sur la mâchoire de la femme d'Alex. Suis-je la seule à m'en apercevoir ? Ne vois-tu pas, maman ?

— Fermez-la et tenez-vous tranquille !

Mais maman se lève, faisant face à mon assaillante.

— Laissez-moi vous parler un peu de ma fille.

— Je vous préviens !

— Parce que si vous connaissiez mieux Greta, vous n'auriez pas le cœur de lui faire du mal.

Les paroles de maman me touchent profondément, calmant ma peur. Mais cela ne dure pas. Car très vite la psychologue pousse maman par terre en criant :

— Justement ! Je connais très bien votre fille ! C'est une pute et une meurtrière !

Elle fait une brusque volte-face, le regard enflammé, ses cheveux blonds fouettant l'air. Puis elle lève la hache. Et se précipite vers moi.

38

Pendant un instant, tout est noir. Puis un cri retentit et j'écarquille les yeux. Par terre, à quelques mètres de distance, maman tend un bras vers moi. La psychologue se dresse au-dessus de la table basse entre nous. Elle élève puis abaisse la hache, qui siffle férocement. La table émet un craquement sonore, mais ses protestations se taisent quand elle se fend en deux. Par réflexe, je me protège le visage et le torse. Le massacre se poursuit derrière moi. Une masse me tombe sur la hanche et un éclat de bois sec atteint ma joue couverte de sueur froide.

Après une éternité, le sifflement de la hache et les gémissements du bois s'interrompent. D'abord hésitante, je me retourne prudemment, faisant rouler l'objet en travers de ma cuisse : c'est l'un des quatre pieds de la table. Ce qui reste du meuble est répandu dans le séjour, en morceaux plus ou moins gros.

Maman est recroquevillée sur le tapis. Les mains sur les oreilles, elle geint tout bas. Soufflés, son zèle et son ton raisonnable. Écroulée, sa façade. À présent, il ne subsiste plus que celle qu'elle est vraiment : ma mère.

La psychologue s'agenouille devant elle et lui écarte les mains des oreilles.

— C'est vous qui allez m'écouter. Vous savez que votre fille adorée a séduit un homme marié ? Le père de ma fille Smilla ?

Je croise le regard de maman par-dessus l'épaule de la femme blonde. Sous la couche de terreur, je devine ses questions pénibles aussi nettement que si elle les avait posées. « C'est donc cette femme qui… ? C'est avec son mari que tu… ? Et le bébé que tu portes… ? » Je détourne la tête. La douleur et la fatigue reviennent à la charge.

La psychologue s'assied en tailleur et entreprend d'empiler les débris de la table avec des gestes mécaniques. Ses cheveux sont calés derrière les oreilles et, maintenant que mon regard est plus clair, je note ses traits tirés et les cernes sous ses yeux. « Je te vois. Celle que tu es vraiment. Je veux juste que tu le saches. » Son histoire a-t-elle aussi commencé par ces mots ?

— Ce qui s'est passé avec votre mari…

La voix de maman est faible, rauque. Sans achever sa phrase, elle tente une autre approche.

— Mais meurtrière… Je ne comprends pas… Que voulez-vous dire ?

La psychologue n'est visiblement pas inquiète de savoir maman derrière elle, libre de ses mouvements. Soudain, je devine pourquoi. Elle est consciente de l'atout qu'elle a en main, que dès qu'elle le jouera, maman sera neutralisée.

— Il y a quelques années, votre fille a suivi une thérapie chez moi. Elle n'est venue que quelques fois avant d'abandonner. Mais elle a eu le temps de me raconter… Oui, permettez-moi d'être directe : je suis au courant de vos sales petits secrets familiaux. Votre fille a poussé son père par la fenêtre. Elle a tué votre mari.

Le silence tombe sur la pièce comme une chape de plomb. Je n'ose pas regarder maman. Mais en fin de compte, j'y suis obligée. Étendue sur le flanc, lèvres entrouvertes, elle fixe le plafond. Je n'arrive pas à détacher mes yeux de son visage, comme brisé en mille morceaux qu'on aurait recollés dans le désordre. Je n'avais pas vu cette expression depuis plus de vingt ans. Depuis ce fameux soir. Enfin, elle tourne lentement la tête vers moi.

— Alors comme ça, tu en as parlé ? Je croyais que nous avions promis de ne rien raconter à personne.

Pour la première fois depuis longtemps, je lis une fragilité dans son expression. Une détresse.

— Je t'en prie, maman. J'avais huit ans.

Est-ce que je prononce ces mots tout haut, ou ne fais-je que les penser ? La souffrance et la fièvre brouillent mes sens. Le regard de maman se trouble tandis qu'elle se replie en elle-même.

— Oui, tu as raison, murmure-t-elle. Naturellement.

La psychologue est toute à sa tâche, rapide, concentrée. Quand elle en a fini avec la table, elle s'empare d'une liasse de journaux dans le porte-revues, les déchirant avec la même frénésie que plus tôt, puis elle enfonce les morceaux de papier entre les éclats de bois. La hache est posée en travers de ses genoux.

Ce n'est qu'à cet instant que je saisis son intention. Elle veut démarrer un incendie.

Une vague de nausée roule dans mon ventre. C'est donc cela qu'elle planifie. Allumer un feu au milieu du séjour, se ruer hors de la maison dès qu'il aura pris et la barricader de l'extérieur. Je suppose qu'elle a déjà verrouillé les fenêtres et fait tout un tas de préparatifs pendant que j'étais inconsciente.

Je ne sortirai jamais d'ici vivante. Même si je parvenais à me traîner jusqu'à la porte, cette femme ne me permettrait pas de la franchir. Elle va s'assurer que je reste dans le cottage jusqu'à ce que les flammes l'aient entièrement dévoré. À quelle vitesse cette pièce sera-t-elle remplie de fumée, l'oxygène consommé ? Sans doute pas plus de quelques minutes.

Mon estomac se tord, la vague de nausée enfle, monte vers ma gorge. Je mets la tête sur le côté et crache de la bile acide. J'ai l'impression de couler à pic. C'est sans espoir.

Si seulement maman pouvait s'enfuir. Elle n'a rien à voir avec cette histoire. Du coin de l'œil, je remarque qu'elle s'assied avec des mouvements lents en s'appuyant sur un bras. Quand elle prend la parole, sa voix me semble distante, lointaine.

— Je sais exactement ce que vous ressentez.

La psychologue s'interrompt et dévisage maman. Une infime trace de doute passe sur son visage. Puis elle se remet au travail. Parcourant des yeux tables et étagères, elle repère un briquet. Elle va le chercher et revient au tas de bois par terre.

— La plupart du temps, les gens cachent leur infidélité, mais pas mon mari. Il n'hésitait pas à me balancer ses aventures à la figure lors de nos disputes. En vérité, il aimait me blesser.

Maman regarde droit devant elle. Ses cheveux sont décoiffés et son chemisier est tout froissé, mais elle ne paraît pas s'en soucier. Ses mots sont sincères, les masques sont mis à bas. La psychologue a beau continuer à s'affairer, n'a-t-elle pas ralenti ? Maman poursuit, sans voir aucune de nous.

— Pendant nos années de vie commune, il me trompait sans arrêt. Chaque fois avec de nouvelles femmes. Je rêvais souvent de me venger sur l'une d'elles. De lui arracher les yeux. De l'attraper par ses longs cheveux et de lui fracasser le crâne par terre. De la détruire. Et un jour, j'ai compris…

À présent, plus aucun doute, les mains de la psychologue tremblent. Elle joue avec la molette du briquet, tête basse, ses mèches blondes dissimulant ses yeux. Quelques secondes s'écoulent.

— Qu'est-ce que vous avez compris ? souffle une voix derrière l'écran de cheveux.

— Que je dirigeais ma soif de vengeance vers la mauvaise personne. En réalité, toutes ces femmes n'y pouvaient rien. C'était lui qui s'était éloigné de moi, lui qui détruisait nos vies.

Je serre les paupières. Je voudrais entendre et être sourde en même temps. Si maman déballe tout… Mes émotions me tordent les entrailles, me redonnant la nausée.

La psychologue promène son pouce sur la molette du briquet, faisant jaillir une flamme qu'elle laisse ensuite s'éteindre. Encore et encore.

— C'est ce qu'il veut, lance-t-elle enfin, un peu comme un enfant têtu. Il me l'a dit lui-même.

Alex est donc au courant de son entreprise. Il l'a même approuvée. La pièce tangue. Je sens à nouveau sa main sur ma joue, le matin où je lui ai annoncé que je le quittais. « Mais non, voyons. » Je me souviens de ses intonations au téléphone, quand il s'est révélé : « Je voulais te donner une chance de te raviser. Te montrer que tu ne peux pas vivre sans moi. » C'était donc ainsi qu'il l'entendait : à la lettre.

— Je vois, reprend maman. Et c'est un bon père ? Pourra-t-il compenser votre absence pendant l'enfance de votre fille – Smilla, c'est ça ?

Le calme de sa voix est presque choquant. La psychologue plisse le front.

— Que voulez-vous dire ?

Lentement, maman s'approche de la femme. Mes mains tressaillent, mais la corde m'entrave, me brûlant la peau. La hache, maman, prends-lui la hache ! Cependant elle ne tente aucune attaque. Elle voulait simplement plonger ses yeux dans ceux de l'autre femme, la contraindre à se détourner du briquet.

— Meurtre et incendie criminel. Deux crimes très sérieux. Vous serez longtemps sous les verrous. Peut-être votre vie entière. Je suppose que vous y avez pensé. Et que lui aussi.

Le silence s'éternise.

Je sens alors mon visage picoter et, quand je relève la tête, je découvre les yeux bleus perçants de la psychologue rivés sur moi. La main serrée sur le briquet, elle tend l'index vers moi.

— Vous avez vu votre fille tuer votre mari, mais par la suite vous l'avez protégée, en maquillant le meurtre en accident.

Maman prend une grande inspiration.

— Est-ce Greta qui vous a raconté ça ?

La femme d'Alex écarte ses cheveux et redresse le menton.

— Non, jamais ouvertement. Pourtant, c'était clair comme le jour.

Elle émet un rire sans joie.

— « Ça m'échappe », disait-elle. Comment peut-on oublier une chose pareille ? Le mensonge crevait les yeux.

Maman hoche la tête. Puis elle se lève et va en chancelant se placer tout près de la psychologue.

— Ça ne s'est pas tout à fait passé comme ça.

Elle s'agenouille à côté de la femme. Si près que leurs nez se touchent presque.

— Je crois que vous savez ce qui s'est réellement passé. Et pourquoi c'était la seule solution.

Le temps s'arrête. Il n'y a plus que le silence. Les paroles de maman pèsent sur l'atmosphère de plus en plus étouffante de la pièce. Se regardent-elles toujours dans les yeux ? Et qu'y voient-elles ? J'ai la langue pâteuse, la bouche sèche. La douleur irradie dans mon épaule et mon crâne comme des battements de cœur lancinants.

Au bout de quelques instants, j'entends des pas s'approcher, je sens quelqu'un s'accroupir près de moi et des doigts délicats caresser ma joue. Quand je lève la tête, le visage de maman flotte au-dessus de moi. Elle me sourit faiblement.

— Ma petite chérie, dit-elle. Toutes ces années. Et maintenant ça.

Sans hésiter, elle entreprend de dénouer la corde qui entrave mes poignets. Je m'attends à ce que la psychologue se jette sur nous en brandissant la hache et hurlant des menaces, mais non. Maman porte ensuite son attention sur mes chevilles liées. Tandis qu'elle s'active, je guette la mère de Smilla du coin de l'œil. Complètement immobile devant son tas de bois, elle contemple son briquet. Maman se relève avec un gémissement sourd et se repose un peu avant de s'adresser à ma thérapeute.

— Je vais chercher un verre d'eau pour ma fille. Après, si vous voulez, je vous raconterai une histoire. À propos de mères, de filles et du sort des époux infidèles. Mais vous devrez d'abord lâcher ça.

Sur ces mots, elle me laisse seule avec la psychologue. Je me raidis, mais la femme ne m'accorde même pas un regard. Dans la cuisine, maman ouvre le robinet et réapparaît bientôt avec un grand verre. Elle passe le bras dans mon dos pour m'aider à me redresser. La sensation de l'eau fraîche dans ma gorge est si agréable que j'en suis étourdie, et pendant une seconde j'en oublie tout le reste.

Maman pose le verre vide, puis elle se tourne vers la psychologue. Celle-ci a une brève hésitation avant de jeter le briquet loin d'elle. Maman le ramasse.

— La hache aussi, dit-elle. Je ne peux pas discuter tant qu'elle est dans la pièce.

Sans un mot, la femme saisit l'outil noir par terre, se lève et le soupèse d'un air songeur. Elle semble à deux doigts d'obtempérer, puis se ravise : la hache reste. Elle se contente de la glisser sous le tapis. Puis elle s'assied dans un fauteuil proche et croise les bras sans nous regarder.

— Racontez, lance-t-elle. Ensuite, je déciderai.

Maman prend une grande inspiration et se laisse tomber sur le canapé derrière moi.

— D'accord. Je vais vous dire ce qui s'est vraiment passé un soir de septembre il y a très longtemps.

Dans ma position, je ne vois pas son visage. Mais c'est ce qu'elle veut.

39

Contrairement à Greta, je me rappelle cette soirée dans tous ses détails. Par exemple, j'avais froid, mais je ne lui avais pas demandé de fermer la fenêtre. La cigarette dans sa main, la braise qui rougeoyait à chaque bouffée qu'il aspirait, même le filtre qui se racornissait. Et le moindre de ses mots.

Le liquide ambré dans son verre s'agitait tandis qu'il s'emportait contre moi. Rien d'inhabituel jusque-là. L'attaque est la meilleure défense, telle était sa devise. Mes reproches, ce que j'avais vu, entendu ou compris, étaient toujours démolis de la même façon. Ni aveux, ni dénégations, ni remords. Au contraire, il se faisait méprisant, railleur, ripostant aussitôt que j'étais une personne absolument répugnante. Et surtout, une femme si repoussante que sous sa braguette sa queue se ratatinait comme un pruneau. Ennuyeuse comme la pluie. Pinailleuse, geignarde. Une vraie emmerdeuse.

J'avais longtemps eu la certitude que j'arrivais à lui tenir tête. Que j'étais forte. Qu'il avait besoin de moi, même s'il ne le savait pas. Je me persuadais que je me comportais avec lui comme envers mes collègues ou mes amis. Que je ne me laissais ni provoquer ni abattre. Cela fonctionnait relativement bien, jusqu'au moment où il m'administrait un coup bas. « Emmerdeuse. » J'ignore pourquoi cette insulte avait un tel effet sur moi. Mais lorsqu'il crachait ce simple mot, je perdais tout : la parole, l'équilibre, les pédales.

C'était comme s'il m'arrachait mes vêtements, me plongeait la main entre les côtes et fourrageait jusqu'à trouver la petite chose visqueuse et terrifiée que j'étais vraiment. Il me forçait à regarder cette masse informe, à admettre qu'il avait raison depuis le début : peu importe que j'essaie de convaincre le monde, moi la première, de mon talent et de ma singularité, je n'étais au fond qu'un misérable tas de viande tremblotant.

En public, je faisais tout ce qui était en mon pouvoir pour sauver les apparences. Je ne redoutais pas tant que mon entourage apprenne la vraie nature de l'homme que j'avais épousé, non, ce que je redoutais, c'était qu'on me découvre, moi, la masse gluante, sous la surface inébranlable. La seule personne à qui je révélais ma fragilité était Ruth. Je l'avais rencontrée au travail, nous avions fait partie de la même équipe pendant quelque temps, puis nous avions gardé le contact. À la fin, en raison de son intelligence et de sa stabilité, Ruth était devenue plus qu'essentielle pour moi : ma bouffée d'oxygène. J'avais une confiance aveugle en elle.

Mais revenons à la soirée cruciale. À l'instant où j'avais cru la querelle finie, alors que je m'apprêtais à enfiler un pull pour sortir me calmer, quelque chose avait tout bouleversé.

« Je sais parfaitement ce que tu as fait à Greta. Comment as-tu osé frapper ta propre fille ? »

Sa voix était aussi glaciale que la nuit derrière lui. Nous nous étions dévisagés en silence. Je me rappelle avoir noté une silhouette blanche du coin de l'œil, dans l'encadrement de la porte, mais je ne parvenais pas à démêler mon regard du sien. Je me remémorais la scène qui s'était déroulée dans la cuisine de Ruth, quelques mois plus tôt, le jour le plus sombre de ma vie de mère. À ce souvenir, la honte s'était abattue sur moi comme un raz-de-marée. Pourtant j'avais été obligée de me ressaisir.

« Qu'est-ce que Greta t'a raconté ? »

Il avait aspiré une bouffée de tabac et recraché la fumée en levant le menton, avant de s'esclaffer.

« Greta ? Elle n'a rien dit du tout. Elle est loyale envers toi à un point écœurant.

— Mais alors… comment ? Qui… ? »

Le monde s'était tu et bourdonnait en même temps. Il m'avait fixée un long moment, un sourcil levé.

« À ton avis ?

— Il n'y a qu'une seule autre personne qui soit au courant et jamais… »

Jamais Ruth ne me trahirait comme ça, voulais-je lui dire. Mais je n'avais pas réussi à achever ma phrase. Avec un sourire en coin, il avait haussé les épaules, tapoté sa cigarette et relevé les jambes, s'asseyant plus confortablement sur le rebord de la fenêtre. Ensuite, il avait vidé son verre et, en silence, il avait attendu.

J'avais repensé à la scène chez Ruth, à son expression lorsque j'avais tenté de minimiser mon geste. « Ruth, ça reste entre nous, hein ? Tu sais ce qui risque de se produire si ça s'apprend au boulot. Ils en feraient un truc totalement exagéré. Je deviendrais la femme qui a battu sa fille et personne ne voudrait jamais… »

Certes, nos rapports avaient été un peu tendus par la suite. Mais au travail, personne ne savait, j'en étais certaine. Alors pour quelle raison se serait-elle adressée à lui en particulier ? Par inquiétude pour Greta ? Par crainte que je ne recommence ? Non, Ruth me connaissait trop bien.

« Pourquoi ? avais-je balbutié. Pourquoi est-ce qu'elle te le raconterait, à toi ? »

Peut-être une partie de moi avait-elle déjà remarqué la petite silhouette qui s'approchait. Mais j'étais incapable d'absorber plus d'informations de l'extérieur. Mes facultés se débattaient dans la réponse pleine de sous-entendus qu'il m'avait fournie.

« Je t'en prie. Ce n'est pas évident ? »

Et tout à coup, la lumière s'était faite. Ma conscience avait braqué un objectif sur les images de la scène chez Ruth, se concentrant sur des points que, dans ma naïveté, j'avais d'abord pris pour de simples détails. Cette infime différence dans l'accueil que nous avait réservé Ruth. Son visage qui s'était figé quand j'avais parlé de l'étrangère nue dans mon salon. Son besoin subit de vider le lave-vaisselle en me tournant le dos. En me lançant que j'aurais dû y penser avant. Je m'étais alors levée à mon tour et lui avais demandé ce qu'elle voulait dire.

« Ton mari est charmant. Tu savais à quoi tu t'engageais quand tu l'as choisi. »

Peut-être aurais-je dû accorder plus d'attention à cette remarque si surprenante de sa part. Mais à cet instant précis, Greta était entrée et avait exigé de rentrer à la maison. En moi, c'était le chaos complet. La frustration, le désespoir. Et l'insulte que m'avait lancée ma propre fille. Avant que je m'en aperçoive, ma main avait fendu l'air et atterri sur sa joue. Tout était allé si vite. Exactement comme trois mois plus tard.

Je n'ai pas marché vers lui, j'ai couru, mains en avant. Je l'ai poussé sur la poitrine, le plus fort possible. Je me souviens de l'étonnement dans ses yeux, de ses traits grimaçants quand il était tombé par l'ouverture de la fenêtre. Il ne se serait jamais attendu à ça.

Soudain, Greta était à côté de moi. Elle avait tendu les bras, mais trop tard. Son père avait été avalé par les ténèbres. Peut-être leurs regards s'étaient-ils croisés une dernière fois. Peut-être pas.

Après, j'étais restée étendue, une porte fermée entre ma fille et moi, pendant une journée complète. Des gens m'avaient questionnée, mais je n'avais pas de réponse à fournir, rien que les cris et pleurs que j'avais si résolument étouffés auparavant. Puis, quand j'avais fini d'évacuer toutes ces émotions, le silence était venu. Il m'avait fallu vingt-quatre heures pour rassembler assez de forces pour me lever. Pour me sentir capable d'affronter ma fille de huit ans. Je l'avais serrée dans mes bras, elle s'était pelotonnée contre moi. Je lui avais alors soufflé que nous allions reprendre le cours de nos vies et qu'elle pouvait compter sur moi.

Mais je ne lui ai pas demandé pardon. À l'instant où j'avais croisé son regard, j'avais compris qu'elle ne pourrait pas me pardonner.

En vingt-trois ans, nous n'avons jamais parlé de ce qui est arrivé. Et je n'ai pas besoin de lui poser la question. Ce que je lui ai pris. Ce que je suis devenue. Elle ne m'a toujours pas pardonné.

40

Les larmes perlent sous mes paupières fermées et coulent sur mes joues brûlantes de fièvre. Ils ne m'avaient pas laissé voir papa. Je ne suis pas certaine que je l'aurais souhaité, mais c'était de toute manière hors de question. J'en avais déduit que son corps avait dû être sérieusement abîmé. Son crâne fracassé, sa mâchoire et son nez enfoncés, son visage une bouillie sanguinolente. Ce n'était pas une pensée agréable, alors j'avais vite décidé de la réprimer. J'avais inventé d'autres images à la place. D'autres explications. « Ça m'échappe. »

Le récit de maman a dissipé la brume, dévoilant ce que j'avais refoulé de mon mieux, la barrière qui s'était érigée entre nous. Toutefois ce ne sont pas seulement les aveux de maman qui me chamboulent.

Par-derrière, une main se pose sur mon épaule. J'aimerais la prendre, mais je n'y arrive pas. J'attribue cela à mon extrême fatigue ; est-ce la seule explication ?

— Je suis si désolée, Greta. De t'avoir frappée. Et après… de t'avoir laissée si longtemps seule. C'était terrible. Absolument impardonnable. Et pourtant, j'espère que tu pourras…

Maman semble avoir d'autres choses sur le cœur, sans trouver ses mots.

— Pardon. Je ne sais pas si je l'avais déjà vraiment dit.

Mes larmes coulent toujours, sans bruit. Des émotions anciennes émergent de leur cocon de glace et s'envolent. Chagrin, rage, mais aussi culpabilité. Mon papa me manquait tant que la douleur était physique. Et pourtant, la vie après lui était tellement plus simple. Plus paisible. Fini les caprices, les querelles nocturnes. Maman était redevenue gentille. Heureuse. J'avais éprouvé un réel soulagement. Et j'ai honte de l'admettre.

Étreignant mon épaule, maman se lève et demande à la psychologue le chemin de la salle de bains. Elle revient avec le verre rempli et une serviette humide et entreprend de laver mon visage. Avec des gestes calmes, doux, essuyant le sang et les larmes. Je considère ses mains, avec lesquelles elle… Fermant les yeux, je vois deux mains pousser un corps masculin dans le vide. Comme lorsque j'ai contemplé les eaux du Cauchemar. Cependant, l'homme que je vois ne tombe pas d'une margelle de puits, mais d'une fenêtre. Et les mains sont celles de maman.

— La plupart des éraflures sont superficielles, m'informe-t-elle. Mais tu as de la fièvre. Et tu vas avoir un gros bleu entre le cou et l'épaule. Ça fait mal ?

Je sursaute en grimaçant lorsqu'elle palpe l'endroit où la rame m'a atteinte.

— Vous avez bien fait. Il l'a bien mérité, lance une voix rauque.

La main de maman se fige. La psychologue regarde, pensive, par la vitre de la véranda. À mon signe, maman m'aide à m'étendre. Elle continue à baigner mon visage avec la serviette, jusqu'à ce que j'écarte doucement sa main. Elle va dans la cuisine chercher un autre verre d'eau et le tend à la femme blonde, qui le prend sans la remercier. Maman croise les bras en soupirant.

— Greta n'est pas la première, pas vrai ?

La psychologue vide le verre d'une traite.

— Non. Mais c'est la première qui tombe enceinte. À ma connaissance.

Ainsi, Alex avait eu d'autres maîtresses avant moi. Voire en même temps, qui sait ? Je guette une réponse émotionnelle à cette révélation, or rien ne vient.

— J'ai découvert leur aventure alors que ma mère était à l'hôpital. Pour le bébé, je l'ai appris plus tard, après qu'elle était… qu'elle était morte.

Maman va s'asseoir à un bout du canapé.

— Je suis désolée.

La psychologue agite distraitement le verre, scrutant le fond comme s'il contenait l'explication de grands mystères.

— Lui ne l'était pas. Observer la souffrance des autres, l'infliger lui-même, c'est sa raison d'être. Par ses mots, ses actes, ses mains.

Ses paroles réveillent des souvenirs qui me font frissonner de tout mon corps. Je ne suis donc pas la seule à avoir expérimenté la douleur et l'humiliation. Que lui a-t-il fait subir, à elle qui a partagé si longtemps sa vie ? Je me rappelle les gilets et les vestes qu'elle portait lors de nos rendez-vous. Soudain, la raison est claire.

« Alors pourquoi vous êtes-vous mariée avec lui ? objecte une voix dans ma tête. Pourquoi êtes-vous restée ? » Une seconde plus tard, l'image d'une petite fille blonde avec des fossettes se forme dans mon esprit.

— C'était pire au début. Quand je n'avais pas encore appris les codes, à changer d'attitude. À présent, c'est rare qu'il…

La psychologue lève le poing, mais ensuite elle pose la main en coupe sur sa bouche.

— … qu'il me prenne brutalement.

— Quand avez-vous compris que vous deviez ajuster votre comportement ? Que vous étiez entièrement responsable de la façon dont il vous traitait ?

J'ai du mal à en croire mes oreilles. Comment ose-t-elle parler de cette façon ? Étonnée, je cherche le regard de maman, mais elle ne me le rend pas. Impassible, elle lisse des plis imaginaires sur ses vêtements. La psychologue est aussi choquée que moi. Baissant la main, elle fixe maman un long moment. Puis ses yeux se voilent, ses traits se détendent. Comme si elle ne comprenait que trop bien.

— Je me souviens exactement quand c'est arrivé. C'est la première fois qu'il a dit…

Elle s'interrompt, porte la main à la gorge. L'alliance lisse en or brille sur son annulaire gauche. Sa main tremble. Maman se penche vers elle, tête inclinée. Sa voix est douce.

— Quoi donc ?

— « Tu es cinglée ! Tu ne tournes vraiment pas rond ! » Je ne sais plus quand ni comment j'avais bien pu l'énerver. Mais je me souviens de l'effet que m'ont fait ces mots. Ils m'ont touchée en plein cœur et m'ont coupé la parole. J'ai passé la journée dans un brouillard. Tous les gens que j'ai croisés, la femme devant moi à la caisse du supermarché, l'homme qui venait récupérer son enfant à l'école maternelle… « Aujourd'hui, mon mari m'a dit que je suis cinglée, vous croyez que c'est vrai ? » mourrais-je d'envie de leur demander. Je n'en avais rien fait, bien sûr.

Une voix familière résonne dans ma tête et je revois le sourire oblique d'Alex. « Tu es un peu fofolle, pas vrai ? Tu n'es pas toute nette. » Prenant appui sur les accoudoirs du fauteuil, la psychologue se lève lentement.

— Ce soir-là, en posant la tête sur l'oreiller, j'ai enfin compris pourquoi ces mots m'avaient tant blessée. Pourquoi je ne m'étais pas défendue. Cette accusation n'avait pas été lancée au hasard. Je n'ai jamais été… je ne me suis jamais sentie…

Debout au milieu de la pièce, elle donne un coup de pied dans le tas de papier journal et de morceaux de bois, qui s'éparpillent sur la lirette. Puis, avec une attitude théâtrale, elle retire son gilet blanc, révélant ses bras pâles.

— Au fond de moi, je savais que c'était la stricte vérité.

Lorsqu'elle fait passer son poids sur une jambe, sa robe bleue souligne son ventre plat et des hanches saillantes. Ses cheveux blonds, lâchés malgré la chaleur, caressent son visage. Et elle ne porte pas une once de maquillage. Nous n'aurions pas pu être plus différentes. Ni plus semblables.

— Pour répondre à votre question, c'est à ce moment que j'ai compris que nul autre que lui ne parviendrait à me supporter. Depuis, il fait en sorte de me le rappeler constamment : sans lui, je ne suis rien. Et moi… eh bien, j'ai fait tout ce que je pouvais pour… me conformer.

La mère de Smilla bouge légèrement et le soleil qui inonde la pièce illumine son bras et sa joue.

Le visage de maman est un masque de sérieux et de gravité.

— Jusqu'à aujourd'hui, dit-elle, réussissant à donner en même temps à sa phrase les intonations d'une affirmation et d'une question.

La psychologue tourne les yeux vers elle. Puis, furtivement, vers le coin du tapis où la hache forme un renflement. Et derechef vers maman.

— Oui. Jusqu'à aujourd'hui.

Je sens sa perplexité. J'ai à peine le temps de me demander ce qui va se passer ensuite qu'on frappe à la porte.

41

Un hoquet de surprise s'élève. Maman et la psychologue échangent un vif regard. Personne n'esquisse le moindre geste. De nouveaux coups retentissent, plus insistants. Finalement, maman lisse ses cheveux et va ouvrir d'une démarche raide.

Elle revient suivie de deux policiers. Je reconnais la femme qui m'a reçue l'autre jour au poste. Elle parcourt la pièce des yeux : les journaux déchirés et les débris de la table, moi, étendue par terre, maman et la mère de Smilla, puis de nouveau moi.

— Qu'est-ce qui se passe ici ?

Face à mon silence, elle sollicite son collègue, un homme bedonnant au front dégarni. Les mains sur les hanches, il fait un pas en avant.

— Nous avons reçu un appel d'un vieil homme à propos d'une femme qui traîne pas loin d'ici avec une hache et qui aurait eu un comportement erratique et menaçant. Est-ce que vous pouvez nous aider à tirer cette histoire au clair ?

La hache. Je dois fournir un gros effort pour ne pas tourner les yeux vers le renflement du tapis. Je note du coin de l'œil que la psychologue s'en est approchée, à si petits pas que son déplacement est passé inaperçu. Essaie-t-elle de cacher la hache ? Ou bien se prépare-t-elle à s'en emparer ? La migraine m'élance, mais je concentre mon regard sur la policière. Celle-ci reprend :

— Cet homme promenait son chien quand il a croisé la femme. Selon lui, ses paroles étaient décousues et son état vraiment instable. Et comme nous l'avons dit, elle était armée d'une hache. Nous circulons dans les environs en ouvrant l'œil et frappons aux portes des rares maisons qui paraissent habitées pour demander si quelqu'un a noté quoi que ce soit de suspect.

Elle nous regarde tour à tour. Aucune de nous ne répond. Les pupilles étrécies, maman est manifestement en pleine réflexion. Soudain, je comprends. Maman n'a vu la hache qu'entre les mains de la femme blonde. Quelles conclusions en tire-t-elle ? Va-t-elle dénoncer la psychologue ?

Une partie de moi lui hurle de nous sauver tant qu'elle en a l'occasion, mais une autre voix me rappelle anxieusement que la femme d'Alex est à moins d'un mètre de l'instrument. Si elle le voulait, elle pourrait me fendre le crâne avant que les officiers aient le temps de réagir.

Maman ouvre la bouche, la referme et secoue la tête. Le policier bedonnant s'essuie le front et s'éclaircit bruyamment la gorge.

— Eh bien, ça fait plaisir de papoter avec des gens aussi enjoués et communicatifs que vous.

— Qu'est-ce qui s'est passé ici, au juste ?

Sa collègue promène un œil soupçonneux sur la pièce, s'arrêtant sur moi. Elle s'approche de quelques pas, tête inclinée, paupières plissées. Je réprime le réflexe de cligner des paupières. Je m'attends à ce qu'elle se rappelle la visiteuse au comportement irrationnel, mais soit par discrétion, soit parce que je suis méconnaissable, malade et sans maquillage, elle se contente de dire :

— Comment vous êtes-vous fait cette blessure sur le front ? Et cet hématome, qu'est-ce que… ?

Maman vient nerveusement se placer entre la policière et moi.

— Comme vous le voyez, ma fille ne va pas bien. Elle vient de se libérer d'une relation destructrice. Et pour ne rien arranger, elle a de la fièvre. Vous pouvez vous en assurer par vous-même. J'ai passé la journée entière avec elle et elle ne tient plus sur ses jambes depuis…

— La journée entière, vous dites ?

La tension est palpable. La policière dévisage maman. Celle-ci, ayant surmonté son blocage initial, soutient son regard sans fléchir. La femme brune finit par émettre un soupir résigné et pivote vers son collègue en levant un sourcil.

— Bah ! lance-t-il avec un haussement d'épaules. Personne en dehors d'un vieil homme qui promenait son chien ne semble avoir vu cette fameuse folle à la hache.

En prononçant ces derniers mots, il se tapote la tempe de l'index, une expression sceptique sur son visage bouffi. La policière à la queue-de-cheval m'observe un long moment. Cette fois, elle me reconnaît, je le vois à la lueur dans ses yeux. Sa bouche est un mince trait dans son visage grave.

— Si vous avez été agressée, vous devriez déposer plainte. On peut toujours obtenir de l'aide, conclut-elle avec un geste éloquent vers la table démolie.

Elle croit sans doute que c'est le résultat de ma relation violente.

— Prenez soin de vous, d'accord ?

Sans attendre de réponse, la policière se tourne à nouveau vers maman. Celle-ci hoche vigoureusement la tête.

— Je vais lui trouver les meilleurs médecins qui soient.

La femme brune réprime un soupir.

— La journée est placée sous le signe des relations destructrices. Nous avons reçu une autre plainte dans ce quartier. Une maman inquiète dont la fille aurait été menacée d'un couteau par son petit ami. Est-ce que par hasard… ?

À cet instant, l'officier bedonnant fait un pas en avant.

— C'est un type sur qui nous avons l'œil depuis un moment. Le meneur d'une bande de jeunes, que nous soupçonnons de torturer les animaux pour le plaisir.

La policière ne peut dissimuler tout à fait son agacement de cette intervention superflue. Mon estomac se tord violemment. Des animaux torturés ? Un couteau ? La jeune Greta ! Je suis à deux doigts de crier « Est-ce qu'elle va bien ? », mais ma gorge est à nouveau sèche. Maman pose la main sur sa poitrine, le souffle coupé.

— Comment ? C'est terrible, pauvre petite ! Et torturer des animaux… au nom du ciel, pourquoi ?

Une forme noir et blanc me vient à l'esprit, la sensation d'un petit corps souple blotti contre moi. Puis le souvenir s'efface, laissant un froid aigu. Tirith.

— Qui sait, lance le policier avec un geste de résignation. Ce sont peut-être des satanistes. Ou bien ils s'ennuient. Les jeunes, de nos jours…

— Inutile de nous mettre à spéculer, l'interrompt sa collègue. Mais si vous avez vu ou entendu quoi que ce soit…

Maman secoue la tête, le teint blême.

— Non. Dieu merci, nous sommes seulement de passage. Et après les histoires désagréables dont vous venez de parler, je ne suis pas sûre de vouloir revenir. Le Cauchemar. Quel drôle de nom pour un lac !

La policière écarte les mains d'un air résigné.

— Il n'est pas officiel. Mais tout de même un peu bizarre. Et sinistre. Ce n'est pas comme ça qu'on attire les touristes. Je ne suis ici que depuis peu. J'ai appris ce nom l'autre jour.

Sur ce, elle fait quelques pas vers la porte. Sont-ils en train de partir ? Inquiète, je remue. Je me demande que redouter le plus : qu'ils restent ou qu'ils partent. Je pense à la hache. C'est sans doute à cause du désordre qui règne dans la pièce que la policière n'a pas remarqué le renflement du tapis.

L'homme bedonnant est déjà dans le couloir, quand soudain la policière s'arrête et avise le coin où la psychologue a battu en retraite. Je retiens mon souffle. La femme d'Alex s'appuie au mur comme si elle tentait de toutes ses forces de s'y fondre.

— Et vous êtes ?…

La psychologue hésite, et garde le silence. Peut-être est-ce mon imagination, mais il me semble qu'elle se déplace le long du mur et tend une main tremblante vers le sol. Oui, qui êtes-vous ? renchérit une voix dans mon esprit meurtri. Mais c'est celle de maman qui répond.

— C'est une amie.

Maman a sans doute tardé une seconde de trop, mais il n'y a pas la moindre hésitation dans ses intonations. J'ai le sentiment qu'elle ne cherche pas simplement à éviter les représailles de la femme d'Alex contre moi. Il y a autre chose.

Les deux policiers disparaissent. La porte se referme. Maman et la psychologue s'observent un long moment. C'est maman qui brise le silence.

— Et voilà. Maintenant, donnez-moi cette hache pour que je nous en débarrasse. Ensuite, vous pourrez me poser toutes les questions que vous souhaitez. Je sens que vous voulez savoir.

Lentement, un objet noir passe de main en main, je distingue des pas qui se dirigent vers la porte, un choc et des pas qui reviennent. Puis je n'entends plus que des voix basses. Un bourdonnement sous mon crâne. Je suis fatiguée. Tellement fatiguée.

42

Je rêve que maman et mon ancienne psychologue sont en grande conversation, assise chacune à un bout du canapé ; dans le rêve, maman se penche de temps en temps pour caresser mon front ou redresser le coussin glissé sous ma tête, et la mère de Smilla demande : « Alors votre amie était amoureuse de votre mari ? Est-ce pour l'inciter à vous quitter qu'elle lui avait parlé de la gifle ? »

— Ou alors, ils avaient déjà une liaison, répond la voix de maman, soudain bien réelle. Peut-être s'était-elle sentie dédaignée, parce qu'il continuait à fréquenter d'autres femmes. Qui sait ?

Elle ne paraît ni amère ni en colère lorsqu'elle évoque Ruth. Simplement lasse. Je suis d'abord surprise par son attitude. Mais après tout, sur quelle base est-ce que j'interprète les sentiments de maman, moi qui n'ai jamais parlé de ces choses avec elle, blottie sur un canapé ? Si maman avait essayé d'aborder le sujet pendant mon adolescence, j'avais repoussé ses tentatives maladroites. Puis j'avais quitté le domicile, entretenant la distance. Et voilà à quoi cela nous a menées.

Elles n'ont pas remarqué que je me suis réveillée, alors je demeure immobile, entrouvrant à peine les paupières. Droit devant moi, je découvre une paire de jambes minces. Ce ne sont pas celles de maman. La lumière qui baigne la pièce fait briller des poils ras sur les mollets. Un pied chaussé d'une sandale blanche se balance au-dessus de l'autre. Les ongles sont peints dans un vernis pastel déprimant à moitié écaillé. Elle est si proche que je n'aurais qu'à tendre la main pour la toucher. Ou la griffer.

— Je voudrais vous demander… Après les… Est-ce que personne ne… Je veux dire…

À son ton si embarrassé, je devine ce que la psychologue veut savoir. Maman aussi. Évidemment.

— L'affaire a été classée comme accident. Un peu plus tôt, les voisins du dessus et du dessous avaient entendu une voix masculine brailler et ont pensé que mon mari était celui qui rentrait souvent tard en faisant du bruit dans l'escalier. Les habitants de l'immeuble d'en face ont rapporté avoir vu à plusieurs reprises un homme fumer sur le rebord d'une fenêtre. Ils s'étaient étonnés de cette audace, alors que l'appartement était situé à un étage supérieur. L'autopsie a révélé un taux élevé d'alcool dans son sang. Je crois même qu'ils ont retrouvé des fragments du verre qu'il tenait quand…

J'agite la jambe, simulant un tressaillement, pour attirer leur attention. Maman s'interrompt et son visage se penche vers moi.

— Coucou. Tu t'es endormie et je me suis dit que tu en avais besoin. J'aurais voulu t'installer plus confortablement, mais… tu as un petit peu grandi depuis la dernière fois que je t'ai portée au lit.

Nous nous regardons. Longtemps. Jusqu'à ce que, chose inattendue, maman rougisse. Même si cela ne dure qu'un instant avant qu'elle reprenne hâtivement le contrôle de la situation.

— Comment te sens-tu ?

J'ai beau être réveillée depuis quelques minutes, je n'ai pas vraiment prêté attention à mon état. Ma migraine est beaucoup moins violente, mon épaule est toujours raide et enflée, mais ma fièvre a dû baisser. Ce petit somme m'a fait du bien. Combien de temps ai-je dormi ? Une sensation familière et pourtant étrange se manifeste au niveau de mon estomac.

— J'ai faim.

Soutenue par maman, je me rends dans la cuisine, où je dévore plusieurs tranches de pain. La hache n'est visible nulle part. Je me demande ce que maman en a fait. La poupée dormeuse de Smilla gît face contre terre sous la table, sa robe à pois révélant des fesses en plastique lisse. Au prix de quelques efforts, je la ramasse, rajuste ses habits et l'assieds sur la chaise à côté de moi.

Mes contorsions font augmenter le pouls dans mon épaule blessée. Je ressens des élancements dans le bas du visage et le cou. La fièvre ainsi que l'agitation des derniers jours m'ont épuisée. Puis, me souvenant de l'alcool que j'ai bu contre mon gré, j'effleure, anxieuse, la peau autour de mon nombril. Est-ce que tu es toujours là ? Au creux de mon ventre, je sens un frémissement. Un être qui lutte pour vivre. Tout va s'arranger. Il le faut.

Mon appétit retrouvé, je remplis mon estomac tandis que maman rassemble mes affaires dans un silence méthodique, d'un air expert, comme si elle passait son temps à me secourir dans des situations absurdes. Je suppose qu'elle planifie d'en finir le plus vite possible, puis de m'emmener à l'hôpital. Je me demande ce qu'elle compte dire aux médecins, mais il vaut probablement mieux que je ne pose pas non plus cette question et que je laisse maman parler.

La psychologue est hors de vue, mais je sens sa présence comme une légère vibration dans l'air. Elle est sans doute encore dans le séjour, réfléchissant à la suite, peut-être à sa vie. Tout ce que je sais, c'est que maman lui fait confiance. Cela me suffit.

Enfin, je suis rassasiée. Maman a essuyé le plan de travail et emporté ma valise.

— La voiture est devant le cottage, dit-elle en indiquant la haie de thuyas.

Puis elle m'entoure la taille d'un bras et nous nous mettons en mouvement, nos corps étroitement serrés. Nous n'avons pas été si proches depuis longtemps.

Nous sommes sous le porche quand j'entends un bruit dans le vestibule. Maman se retourne. Je n'ai pas besoin d'en faire autant pour savoir.

— Une dernière question. Est-ce que ça en valait la peine ?

Maman hésite. Du coin de l'œil, je vois son regard se poser sur moi. J'attends.

— Non. Ça n'en valait pas la peine.

Elle me guide jusqu'à sa voiture, dans laquelle elle m'aide à m'installer. À travers le pare-brise, j'aperçois ma propre voiture. J'écoute distraitement maman dire qu'elle va trouver un moyen de la récupérer rapidement. Je n'ai aucune inquiétude à avoir, je n'aurai pas besoin de remettre les pieds ici. Plus jamais.

Puis elle vient s'asseoir derrière le volant, ferme la portière et boucle sa ceinture. Mais elle n'esquisse pas le moindre geste vers le contact. Elle reste immobile, silencieuse.

— Maman ?

Elle regarde longtemps droit devant elle.

— Cet homme… Alex, lâche-t-elle enfin. Ce qu'il lui fait subir, est-ce que… est-ce qu'il te traite aussi de cette façon ?

Que lui répondre ? Dois-je mentionner la cravate ? Maman se mordille la lèvre. Je m'efforce de prendre un ton apaisant, convaincant.

— Je l'ai quitté. Je lui ai dit de ne plus jamais s'approcher de moi.

Elle médite ces mots un moment.

— Et le bébé ? Ton bébé. Qu'est-ce que tu vas faire ?

Je garde le silence, l'obligeant à lire la réponse dans mes yeux. Elle hoche la tête. Soudain, elle pose la main sur ma joue indemne.

— Et s'il vient vous retrouver, toi et le bébé, si jamais il…

Tôt ou tard, Alex découvrira que sa femme m'a épargnée. Comment va-t-il le prendre ? Je n'ose imaginer sa réaction, mais quel que soit le degré de sa colère, il réfléchira à deux fois avant de m'importuner. Il y a des avantages à entretenir le mystère. Sur la mort de mon père, par exemple.

Je pose à mon tour la main sur celle de maman, espérant qu'elle comprendra, qu'elle sentira ma force, celle que je suis. La fille de ma mère.

— Alors je trouverai une solution.

Maman assimile ma réponse. Puis elle baisse la main en souriant. Ce sourire qui signifie que tout ira bien.

— Attends-moi une minute, dit-elle en débouclant sa ceinture. J'ai oublié quelque chose à l'intérieur.

D'un pas décidé, elle disparaît de l'autre côté des buissons autour du cottage que nous allons bientôt laisser derrière nous.

Je m'abandonne contre le dossier et inspire plusieurs fois profondément. Enfin, partir. Comme je serai soulagée de rentrer chez moi. Je vais déménager le plus vite possible. Dans un nouvel appartement où il n'a jamais mis les pieds. Ou même dans une ville différente. Mais avant toute chose, dès que je serai sur pied, j'appellerai Katinka pour lui proposer d'aller prendre un café.

C'est à cet instant précis que je la découvre, approchant de l'autre côté du chemin, la démarche hésitante. Les vêtements noirs informes, les longs cheveux lâchés. J'ouvre la portière et elle s'arrête à quelques mètres de la voiture, scrutant en silence mon visage, mes égratignures, mon large hématome.

— Ma mère a parlé aux flics, explique-t-elle enfin. Ils ont raconté une histoire de femme armée d'une hache. Je voulais juste… voir comment tu allais.

— Je vais bien. Et toi ?

Repoussant les cheveux en arrière, elle baisse les yeux. Soudain, je me souviens. « Une maman inquiète dont la fille aurait été menacée d'un couteau par son petit ami. »

— C'est ta mère qui a porté plainte contre lui ?

Greta contemple d'abord ses pieds, puis le bout du chemin, n'importe quoi sauf moi.

— C'est complètement crétin, lâche-t-elle. Elle pige rien.

Mon cœur se serre. Est-elle en train de prendre le parti de Jorma ? Alors qu'il a fini par l'attaquer, elle aussi ? Je voudrais me ruer vers elle, demander si elle a écouté ce que je lui ai dit dans la clairière. Mais maman revient derrière les thuyas. Quand elle aperçoit Greta, elle ralentit. Je tends vivement la main. J'entends les mots de la policière sortir de ma bouche.

— On peut toujours obtenir de l'aide.

La fille regarde ma main, indécise. Puis elle élève le bras. Ses doigts frôlent les miens. Ils sont glacés.

— Bonjour. Je peux te demander qui tu es et ce que tu fais ici ?

La voix de maman est aiguë, impérieuse. Les doigts s'écartent. La fille croise une dernière fois mon regard. Mes paroles sont à peine plus qu'un murmure.

— Prends soin de toi, d'accord ?

Sans un mot, elle se sauve au pas de course. Je laisse ma main retomber. Maman s'assied au volant et attache sa ceinture. Quand elle demande qui était la fille, je hausse les épaules. Elle n'insiste pas.

— Greta, j'ai pensé à une chose, dit-elle.

Je referme la portière et lève les yeux vers le rétroviseur, dans lequel une mince silhouette s'éloigne. Bientôt, elle n'est plus qu'un trait. Enfin, elle est engloutie par la terre. Par Marhem. Maman tourne la clé de contact et le moteur vrombit.

— Tu sais que je ferais n'importe quoi pour toi, pas vrai ? N'importe quoi, Greta.

J'acquiesce.

— Tu vas avoir sérieusement besoin d'aide. Être enceinte, ce n'est pas rigolo tous les jours. Et lorsque le bébé arrivera, les choses ne seront pas vraiment plus simples. Quand on est célibataire, il faut accepter tout le soutien qu'on peut trouver. Je veux que tu saches que je…

Elle bute sur les mots. Je cherche sa main sur le levier de vitesse.

— Maman. Merci.

Elle me sourit. Ce sourire spécial. Nous partons.

43

Je n'ai pas bien visé avec la rame, pas frappé assez fort. Tu as perdu connaissance, mais cela tenait sans doute à ton piteux état. Peut-être aurais-je dû en profiter pour me servir de la hache, alors que tu gisais par terre, sans défense. Ou pour incendier le cottage. Avant qu'elle arrive. Ta mère.

J'ai su dès que tu as ouvert la porte que tu étais l'une de mes anciennes patientes, mais j'ai mis un moment à te reconnaître. À me souvenir de ce que tu m'as raconté sur ton père. L'histoire bizarre, sans conclusion. J'étais tellement certaine, à l'époque, alors que tu essayais de noyer le poisson, que c'était toi qui l'avais poussé. Toute ton attitude – ton langage corporel, tes intonations, tes mimiques – l'indiquait. Alors, quand tu t'étais levée avant d'avoir dit ce que tu avais sur le cœur, j'avais cherché à te retenir. Tu ne t'en souviens sans doute pas. Mes paroles ne devaient pas signifier grand-chose pour toi. Tu n'es jamais revenue et ensuite je ne t'ai plus accordé aucune pensée. Jusqu'à maintenant.

Je regarde par la fenêtre de la cuisine. Bien que je ne te voie pas, je sais que tu es là, dehors. Il y a un instant, j'ai entendu une portière se fermer. Dans quelques secondes, le moteur se mettra en route et je vous écouterai disparaître. Vais-je regretter de t'avoir laissée partir, de ne pas avoir détruit de mes mains ce qui grandit en toi ?

C'est pour ta mère que je t'ai épargnée. Je croyais avoir déjà affronté le plus gros bouleversement, mais depuis qu'elle m'a raconté son histoire, j'ai le sentiment que quelque chose me guette au tournant. Encore plus terrifiant et énorme. Le défi de ma vie. Celui qui va me libérer.

Tiens, voilà qu'elle revient à petites foulées, j'entends ses pieds sautiller sur les marches et la porte d'entrée se rouvrir. Vous avez dû oublier quelque chose. Je vais à sa rencontre. Elle n'enlève pas ses chaussures, elle ne fait pas le moindre geste. Plantée dans le vestibule, elle me considère longuement.

— Greta n'aura plus jamais rien à faire avec votre mari, dit-elle enfin. Je vous en fais la promesse.

Je sais que ce ne sont pas des paroles en l'air. J'ai constaté de mes yeux l'ascendant qu'elle a sur toi, même si tu ne veux peut-être pas le voir. Je hoche la tête, signe que j'ai saisi le message. Je m'attends à ce qu'elle reparte aussitôt. Pourtant elle ne bouge pas.

— Vous m'avez demandé si cela en valait la peine. Reposez-moi la question.

Je ne comprends pas immédiatement. J'ai déjà entendu sa réponse. Puis la lumière se fait en moi. Elle veut m'en fournir une autre, loin de tes oreilles. Mon pouls s'accélère.

— Est-ce que ça en valait la peine ?

— J'ai enfin demandé pardon à Greta pour ce qui me pesait depuis tant d'années. Mais pas pour le principal, la façon dont je me suis débarrassée de son père. Et je ne

nous ferai pas cette injure, ni à elle ni à moi. Demander pardon présuppose que l'on éprouve des regrets.

Ses mots résonnent autour de nous. Elle plante ses yeux dans les miens.

— Est-ce que ma réponse est assez claire ?

La peau me picote. Comme si chacun de mes vaisseaux sanguins était béant. Je hoche la tête. Le défi qui m'attend… Après avoir écouté son récit, j'ai passé l'après-midi à réfléchir. Depuis que je me suis entendue dire sur Alex des choses que je ne me serais jamais crue capable de dire. À présent, je sais. Ce n'est pas sans lui, mais avec lui que je ne suis rien. Si simple, si banal. Mais tout ce temps si vrai.

Je regarde la femme en face de moi avec étonnement, avec gratitude. Enfin, je comprends le sens de notre rencontre à première vue fortuite. Elle pose la main sur la poignée.

— Je suis vraiment désolée pour votre mère. Est-ce que vous étiez proches ?

Mon cœur se serre.

— Elle me manque terriblement.

Elle a un bref hochement de tête et fait mine d'ouvrir la porte, mais elle se ravise. Elle se penche vivement vers moi, si près qu'une de ses mèches permanentées m'effleure la tempe.

— Assurez-vous que votre fille soit ailleurs, souffle-t-elle. Et faites croire à un accident.

Sur ces mots, elle disparaît. Quelques minutes plus tard, j'entends une voiture démarrer, accélérer et enfin se perdre dans le lointain. Je reste seule dans le vestibule. Tout ce que je pensais perdu, englouti dans l'abîme laissé par le dernier souffle de ma mère. Tout ce que j'ai la possibilité de reconquérir. Moi-même. Ma fille. Notre avenir.

L'amour d'une mère est infini, farouche et beau. Je vais honorer la mémoire de la mienne en aspirant au même but qu'elle. Mais le chemin que je vais emprunter sera tout autre. Là où elle a pardonné, je choisis la revanche. Là où elle était douce, je choisis la fermeté. Lentement, je retourne au cœur du cottage. J'ai beaucoup à méditer avant de rentrer. Beaucoup à planifier. Je m'assieds sur le canapé, au bout que cette inconnue occupait encore il y a peu. En fermant les yeux, je perçois les échos de son récit, à la fois réconfortant et stimulant. Je sais que je vais y arriver. Si elle l'a pu, alors moi aussi.

Le visage de Smilla apparaît dans mon esprit, son rire contagieux résonne dans mes oreilles. Peut-être qu'un jour, dans de nombreuses années, nous parlerons à notre tour. Une mère et sa fille adulte. Je lui raconterai la route que j'ai suivie, les leçons que j'ai apprises. J'ignore pour l'instant ce que je lui dirai. Mais je sais quelle phrase sera la première de mon récit :

« Une bonne mère ne se plie pas aux circonstances, elle les crée. »

Remerciements

Merci à ma maison d'édition très pro, à mes bêta-lecteurs géniaux, à mes superbes amis et à toute ma famille encourageante et aimante.

Enfin et surtout, merci à toi qui me lis.

MIXTE
Papier issu de
sources responsables
FSC™ C003309

Composition et mise en pages
Nord Compo à Villeneuve-d'Ascq

Achevé d'imprimer en mai 2018
sur les presses de Normandie Roto Impression s.a.s.
61250 Lonrai
N° d'imprimeur : 1802047

Imprimé en France